留住温暖瞬间

家庭摄影实用指南

While visions of Sugar Plums danced in their heads...

Happy Holidays

WARM WISHES
For the Holidays

Christmas on the Farm

'97
Happy Holidays

留住温暖瞬间

拍摄你的家人以及身边所有的孩子、朋友、和动物

家庭实用摄影指南

乔尔·萨托尼　　约翰·赫利（著）　　陈铎（译）

NATIONAL GEOGRAPHIC
WASHINGTON, D.C.

目　录

从身边做起

乔尔·萨托尼 （Joel Sartore）

你说你想要拍摄精彩的照片，想使照片看起来如同来自（美国）《国家地理》杂志（National Geographic Magazine）一样。没问题。你想对了。

信不信由你，你已经具备了拍摄摄影佳作的两大要素：时间和途径。

在适当的时间处于适当的地点，亲密接近你的拍摄对象，这就是一切。

那么我们都有时间和途径拍摄的是什么呢？当然是我们的家庭。所有的欢乐或悲伤，所有的来来往往，都是无限的拍摄可能。

如果你与某人生活在一起，那你就是最容易接近他的人。要是能拍摄到精彩照片，数量就相当可观了。但是你应该拍摄一切吗？

不行。

事实上，大多数事情你不必拍摄。光线欠佳、构图太差以及主题敏感都是需要注意的。任何事情都有一个时间和地点问题。

家庭照片并不等于说它们就应该索然无味。事实上，情况恰恰相反。因为你具

我通常在屋子四周准备好几个相机，这样我就可以很容易地捕捉到很自然的瞬间。

有无数的拍摄时间和途径，所以，你的家庭照片应该是你拍摄的最棒的图片。要学会发现并记住，并非亲人所做的一切都值得用照片来保存。

用无数假期照片折磨人的老套，自有存在的理由。大多数人不会在意你如何照看孩子和宠物。这就是为什么认真思考每张照片会变得如此重要。

考虑一下再拍，收获是很大的。这样放幻灯片的时候，你的朋友会一直兴奋不已，而你会拍到真正的佳作，一生拥有。

我们不会再变得年轻，亲爱的，你的家人也不会。那么你该从何做起，如何做起呢？答案在你手中。

你读到的这本书，就是你拍摄以来一直梦寐以求的关键。

因此，祝贺你。

现在，我们开始。

重中之重：了解你的相机

你知道如何使用你的相机吗？不要担心，你不必了解所有的功能。我为《国家

地理》杂志拍摄，但仍然不知道我的相机上的很多特殊的"菜单"设置。然而，我知道如何随心所欲地使用我的相机，这一点非常重要。

要灵活地使用这个小盒子，事实上，也并不非常复杂。其实，自相机发明以来，使其工作的只有两件东西：光圈和快门速度。

光圈，简单地说，就是镜头上容纳光线通过并投射到传感器（或胶片）的小孔。快门速度是你允许其发生的时间量。就是这样，是不是很简单？

光圈和快门速度组合工作。你可以采用各种方式调整二者，来获取你想达到的效果。虽然所有的现代相机都具有自动设置，但最好还是要知道如何手动调整相机的光圈和快门速度。从雪地里玩耍的宠物，到万圣节前夜的孩子，每次你都可以拍到很棒的照片。但前提是，你知道自己的相机是如何工作的。

还有，学会如何不使用闪光灯拍摄，以及如何拍摄弱光下的场景。没有什么比刺目的直射闪光灯更能破坏一个光线微妙的场景了。此外，还要了解自己相机的局限。大多数消费级相机都有很多局限性，甚至最昂贵的相机也无法像我们的眼睛一样捕获弱光范围内的景物。此外，有些场景，如孩子咯咯笑着追赶萤火虫的身影，我们只能永远记住却无法拍摄。

孩子为记录家庭生活提供了很多拍摄机会，不过有些不错，有些很差。

要有光（当然，还要有干净的背景）

良好的光线是拍摄照片最关键的因素之一。刺目的、讨厌的正午阳光使人的眼睛睁睁不开，小狗也躺到了阴凉处。

当太阳接近地平线时——日出和日落——要集中进行户外拍摄。最好是当太阳沉入地平线后拍摄。你的照片上的一切，都会披上美丽而多彩的霞光。人们会视你为天才。

但是等一等，还有呢。阴天也会有良好的光线，阴沉的天空就像一个巨大的柔光箱，使光线变得柔和。我还喜欢暴风雨天气，光线富于戏剧性，很有意思。

打开的窗帘是另一个极佳的光线来源。运用你所会的各种技巧来柔化光线。别忘了，钨丝灯泡（标准的室内灯泡）也会发出理想的光线，它的光线能使室内几乎所有的场景都成为暖色。

背景更为重要。信不信由你，我经常从后往前进行构图。如果我无法把背景拍好，我就离开。

你可以通过观察背景来看出摄影师是否知道他们在干什么。是否有路灯和树枝从家人身上伸出，如果是，这就是新手的表现。若阴凉处、小狗背后的天空亮成一片，如果不是摄影师有意追求剪影效果，那么这就只是一张业余照片而已。

我怎么强调都不过分：糟糕的背景会毁了一张照片。解决这个问题的唯一办法就是停下来，四处看看，想想你看到的一切。世上没有神奇的套路方法，需要的只是努力和思考。

一天，凯茜在浴室帮助埃伦梳理头发。光线来自墙壁上的一盏钨丝灯。

不管什么时候开始拍摄，我总是要考虑：360°、俯瞰、仰视。这是我在新闻学院学到的，而且成了应急之策。这就是说，我要绕一整圈来进行观察，去发现最佳的拍摄角度。我还会思考是否从头顶俯拍，或从地面仰拍。我通常可以用这种方法决定最佳的拍摄角度。

比如，大多数房子都有些杂乱，所以我常常高出拍摄对象，直接从上往下拍摄，将地面作为背景。这种简单的方法几乎总可以使一切变得干净、有序（前提是存在一些空地），使我能够拍到想表现的任何事物的特性。

用这种方法拍摄婴儿尤其有效，婴儿是最难拍摄的题材之一，因为他们不会保持不动，除非在睡觉。所以，我把他们放在床单或被子上，然后从上往下拍。一切都在焦点上，角度新颖，足以让新妈妈和看到照片的人惊喜不已。

如果尝试了各个角度和光源后仍然感觉不好，我会放弃拍摄，改换地点。请注意，这不一定是个大动作，可能是从前院到后院，或者

从厨房到起居室。我只是在寻找光线，考虑我必须将其作为舞台来工作的地点，然后希望演员能做出有趣的事情。

说到有趣，这是摄影佳作的决定性因素。但这往往是最难的，因为需要花费大量的时间和精力，并且在精彩画面出现的时候，必须做到万事俱备。任何时候，我的手头都放着相机，但是在家里的时候并不经常拍摄。我只想拍摄精彩的瞬间。

一天，我走下楼梯，发现女儿埃伦和她的朋友玛丽斯满脸是绿色的、黏乎乎的东西。她们在用燕麦粉、酸奶和绿色食品色素制作泥面膜。还有一次，儿子科尔戴上潜水面具，让女儿埃伦用打开的水管喷射他的面部。

对你的拍摄内容进行挑选是件有难度的事，但却是拍摄到真正有趣味画面的关键所在。问问自己："我是否应该拍摄他们？"大多时候答案是不。因为大多数情况下，光线太硬，或者孩子、配偶、猫咪做得不到位。想想你为什么拍摄这些画面？它们会留住某些特殊的时刻吗？你会把这些画面拿给别人看吗？花费他们和你的时间值得吗？你抓住了好玩的、快乐的或祥和的、忧伤的瞬间了吗？可能都会不错，但你必须想一想，花点时间。

不要呆板

抓拍。人们僵硬地站着笑，因为相机对着他们，没有什么比看到这种画面更让我厌烦的了——他们看起来像是保龄球木瓶。比如，我母亲的摄影技术很差，她买了一台小傻瓜相机，把每个人都拉出来站到相机前，然后排列好拍摄。这既平庸又气人。

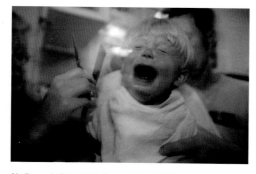

情感——任何一种情感——都是照片的重要元素。

那天，我3岁的儿子斯宾塞在我母亲的房间里安静地玩着积木。我母亲没有悄悄地拍摄他玩积木的场景，而是把他带到厨房，直接打上闪光灯拍摄他腰部以上的半身照。他愁眉苦脸，做出最坏的准备，因为闪光灯会让他睁不开眼。我母亲很生气，因为他闭着眼睛，接着她用闪光灯又拍了一张。他再次闭上眼睛，情况越来越糟，他哭着，一脚踢翻了积木——她本来就该在原来的地方拍他玩积木。

还有我妻子的家庭其他成员。他们的相册一本接一本，数百张同样笑容的人站在厨房里，排成一排，像尖桩篱笆似的。厨房始终如一，但一页一页地看下去，人的头发越来越花白——这是唯一的变化。你可以用这些资料做一本翻页书，看着他们变老。但是我所想的，是所有那些丢失掉的瞬间。因为这些照片中的人都过着非常有意思的生活。

如果拍摄到表兄吉姆开着拖拉机种植小麦，或奶奶莉莲用缝纫机做针线活，岂不是更好？弗兰克兄弟开着他的第一辆卡车，或玛蒂妹妹开着出租车？除了站在同一个厨房里面带微笑外，拍点什么别的都行。求求你，我求求你了。

如果你非要在厨房里拍摄，为什么不拍点正在准备的饭菜，或吃饭时餐桌上开怀大笑的场景呢？或饱餐后在屋子四周享受饭后时光的亲人？这都是不错的题材。

但也别忘了拍摄些许悲伤的时刻。州际旅行时车胎没气了，而指定的轮胎工还大发脾气？拍摄！孩子哭闹？拍摄！孩子因感冒而想家？拍摄！但也别拍得太多。只拍一点儿就行了。告诉他们，你是在记录人生中所有的时刻。同时别忘了把相机对准自己，尤其是在没有化妆，头发乱糟糟的时候。早晚有一天，你会从翻阅这些真实的照片中得到巨大的乐趣。

我来说一下我和妻子之间一个特别悲伤的话题：嚎哭的孩子的照片。我知道大多数人对大哭的孩子的反应，犹如听到消防警报突然响起：他们会极尽所能尽快地哄好孩子。

但是稍等一下。迅速拍摄一两张照片，然后再去灭火。孩子长大后，你会对自己所做的一切感到高兴。

超越平凡

最优秀的摄影师追求的是拍摄到出乎意料的东西。为此，我们要秘密行动。我们要拍摄的是举行游行的地方，而不是游行本身。我们寻找的是小惊喜。

日出、日落是一天中两个拍摄照片的最佳时间。

那些出乎意料的瞬间，往往出现在人们不一定做好准备的时候。比如，我经常拍摄正在准备拍照的一群人，因为这比随后正式的肖像照更为有趣。想一想准备婚礼的新娘——焦虑、欢笑，可能还有一些紧张的泪水。

不要害怕使用道具。道具就是我们从中得到安慰的东西，为我们的生活留下标记的东西。毯子、特殊的礼物、宠物、鞋、第一部车——凡你想得起来的。所有的东西都可以用来记录时间，都可以拍出超乎寻常的照片。

最后，如果说我从数年的经验中学到了什么的话，那就是睡眠中的人有利于拍摄出一些真正精彩的照片。至少他们比较容易拍摄（在他们醒来开始冲你喊叫之前）。

人花在睡眠上的时间很多，但睡眠时的照片却很少。任何时候你都可以接近睡眠中的家人。利用这一条件，同时学会曝光和构图。这是件美好的事情。

安睡的孩子、配偶、朋友、宠物——都可以拍出精彩的照片。他们不会抱怨，非常安静地躺着，这是拍摄素材的两大特征。拍摄睡眠

照片的最佳之处，在于你可以做到超越平凡。这种照片都是偷拍的真实瞬间真实、非常精彩，并且可以长久保存。晚间新闻结束之后或黎明前的静谧时分，都是你拍摄的机会。你捕捉到的这一瞬间，你的孩子会永远停留在这个年龄，天真无邪、纯真自然，梦中只有他喜欢的冰激凌的香味。

利用三脚架会感觉非常方便，相机要没有声响，或者至少要用枕头盖住相机来压低声音。不要忘了使用快门线，以免相机在曝光的时候产生抖动。还有，如果你的配偶容易动怒，一定要让朋友准备好沙发，或安排一家不错的汽车旅馆，住上一两天，等他（她）气消了再回去。

并非所有一切都要拍摄

在很多很多情况下，拍摄照片并不合适。见过笨手笨脚又昏头昏脑的摄影师在婚礼上把大家的注意力都吸引过去的情景吗？太差劲了。还有学校考试中令人讨厌的快门声。

要知道在庄严的仪式中。自己的限度是什么。拍摄敏感的题材时要经过允许，哪怕是家庭成员之间。要考虑自己为什么要记录这件事情。你真的想像葬礼一般撕心裂肺地记住某些事情吗？我知道我不想。但是有些困难的时

刻——比如儿子在棒球锦标赛中失败——可能非常适合拍摄。毕竟，生活总是起起伏伏，对其加以记录很重要。

因此要时刻关注你身边的环境、每一种境况，并且运用常识去判断。

有些时候注定只可以尽情享受，而不可以记录。我记得有一次我被派往墨西哥，拍摄观看加利福尼亚灰鲸的游客。我们坐在小船中，这时一些友善的灰鲸浮上来，等待我们的爱抚。这真是一个令人惊异的人生经历。但是船上的一些游客并没有放下相机去触摸灰鲸，真是遗憾。他们本该拍摄一两分钟，然后便来爱抚这些灰鲸，不是吗？

有些时候我也很内疚。为了第一个孩子科尔的出生，我决定要拍摄分娩过程。由于我的座右铭是"要做就做好，要么就放弃"，所以我立刻动手。我买了闪光灯、一个三脚架和两个相机。我甚至还购置了用无线电触发器击发的遥控相机。因此，我可以在把孩子递给妻子的同时，用脚踏式开关进行拍摄。这一切拍摄出了精彩的照片，同时也完全不值得。在这种情况下的紧张工作，令我差不多错过了整个体验过程。为此，我没有一点自豪感。

我的第二个孩子——女儿埃伦出生的时候，我自己像个孩子一样哭了。我故意把相机留在家里，这是我有生以来做过的最正确

要拍摄与众不同的照片，雨天最为合适。一定要防止相机被淋湿。

的决定。

请记住，它们只是照片，要正确地看待。100年后，没有人会知道你曾经存在过。看到那些把孩子玩耍的所有瞬间都录制下来的人吗？或不断地拍摄校园戏剧剧照或钢琴独奏会照片的人？但是，世界上有谁愿意去看所有这些照片呢？

这是不是太无情了？可能吧，但是有人必须得说实话，那就不妨是我吧，一个曾经不得不耐着性子看完那么多糟糕幻灯片的客观观察家。它们真的令人脑袋麻木。

因此，一切都要适度。拍摄几张，然后收起相机，否则就成了工作，而非娱乐了。你的家人和朋友会因此而喜欢你的。

最基本要求

最后，也是最重要的：玩得开心！吸纳书中所述，做出自己的决定。拍摄破除一切规则的照片，勇敢尝试，尽情发挥。鼓励自己，充满激情，你会得到难以置信的收获。

首先，拍摄你所想拍摄的照片，而不是别人想看的照片。这是否与我所说的一些话相矛盾呢？当然了，但是记住，首要的规则就是：没有规则。

乔尔：摄影令人着迷之处，在于它凝固时间的方式。这张照片看起来好像是延长了拍摄时间，但实际上，只用了一秒钟。大多数时间他都在四处跑，满院子玩耍。我很幸运，恰好拍到了这个画面。

第一章
用相机与孩子
保持同步

乔尔：当孩子们安静地坐着，全神贯注于其他事情的时候，我经常想把他们拍摄下来。这样，我便有了更多的时间与他们在一起，这对每个人来说都是件非常惬意的事情。在这幅照片中，科尔只是坐在那里看电视。

用相机与孩子保持同步

也许为人父母的第一年，是最适合学习摄影的。你拥有世界上最可爱的拍摄对象，你会花费大量的时间跟他在一起。有什么会比记录一份照片日记更好的方法来记住这为人父母的第一年呢？而且顺便还可以成为一名不错的摄影师。

学习摄影与为人父母的头几周非常相似：你搞不清楚自己在干什么，似乎在同时学习很多新的技能（要能多睡会儿多好，而不是学着照看孩子）。但是跟抚养子女一样，要想把一切都弄明白，需要的只是时间和实践。很快你就会发现，拍摄出色的照片犹如更换尿布一样简单（而且还有更多的乐趣）。为了帮助你成为一名摄影师，我将你第一年需要采取的步骤进行分解。我会分别介绍每一个概念，希望你在拍摄需要时能够融会贯通。顺便说一下，最好能犯些错误，因为有些错误是你需要的。在摄影中，错误有时候会很精彩。希望这同样适用于父母之道。

如何使用相机

相机说明书在可读性方面通常介乎法律文件和税务手册之间——前提是说明书翻译得不错。但是阅读说明书，会给你一次经过努力才会获得的机会——去弄清楚那些按钮的作用，以及哪些按钮你需要注意，哪些不必注意。你会发现，你可以拍到全景照片，或者你可以选择拍摄短片。有时，一架相机甚至用了数年之后，我仍然有些按钮不仅没用过，而且连它们的作用都没搞清楚。想想吧，同样的事情也发生在我们的洗碗机和微波炉上。

首先，使用说明书来学习相机的基本操作。下面列出的是你需要阅读和熟悉的内容：

· 光圈：学习如何增大（提高f/数值）和缩小光圈。

· 快门速度：学习手动提高和降低快门速度（并非所有的相机都具备这个功能）。

· 焦点：有些相机可以手动对焦，或选择特定的对焦点。

· ISO/ASA：胶片速度或数码传感器的感光度。

· 闪光灯：学习关闭闪光灯，提高或降低闪光灯的功率（如果你的相机具备此功能）。

数码傻瓜相机（上图）或数码单反相机（对页图）都是不错的选择；这取决于你的需要。

无线打印

光圈优先

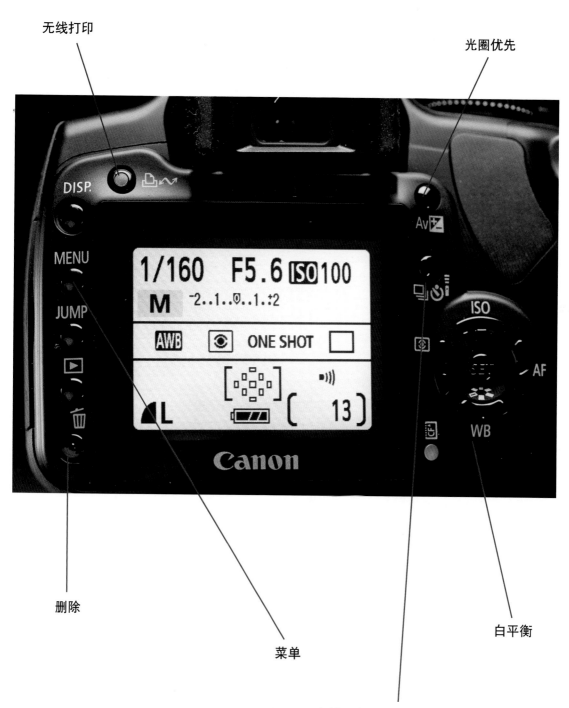

MENU

JUMP

DISP.

1/160　F5.6　ISO100

M　-2..1..0..1.+2

AWB　⊙　ONE SHOT　□

▲L　　　　　(13)

Canon

ISO

AF

WB

删除

菜单

自拍、多重曝光、无线电遥控

白平衡

三大要素

拍 摄一幅好照片要同时具备三个要素：主题、构图、光线。只具其一就算相当不错了，具其二者可算是佳作或上品，三者具备就属上上品了。

你大概已有主题（或者将要有）。在拿起相机之前，先思考一下你想如何描述你的家庭，或你想让后代人如何记住这个家庭。你在家里的时间多吗？你经常旅游吗？你家处于小区中心吗？动物是你家庭生活中不可或缺的组成部分吗？你属于运动型、文雅型，还是安静型呢？确定好你想拍摄的照片类型。

现在看看你所拍摄的照片。它们是否展示了生活的真实情况？你是否在各种假期里拍摄了大量人为地聚集在一起、面带假笑的集体照？这不叫摄影，它们只是照片，源自一种需要——赶紧拍摄，大家好放松放松。

事实上，你真正想保留的照片都不是摆拍的，它们是自然状态的。

乔尔： 这张照片拍摄时使用了三脚架。我把相机固定好，用400mm f/2.8的镜头对焦（以虚化背景）。我原本可以使用自拍，但是这需要跑很长一段距离。比较简单的办法是找个人帮你按下快门。我弟妹珍宁完成了这项工作。

构 图

聿 听喜欢的歌曲，朗读一首诗歌，或欣赏一套设计精美的家具，你都是在享受他人的艺术创作成果。优秀的摄影师都是构图高手，在瞬间内凭直觉进行构图，就如同诗人口占一绝一样。

构图能力对有些人来说是与生俱来的，而对另外一些人来说，则需要练习。但是构图无处不在：你现在所处的建筑，你阅读的书籍，你衣服上的图案，甚至人的魅力都取决于人的体形构造。

大多数不太经常使用相机的人，往往将拍摄对象放在画面中央，以避免削掉双手、头部或双脚。这种简单的构图方式也给拍摄对象四周留下了一点场景，但通常是拍摄对象成为画面的主体。

巧妙的构图意味着一点，那就是对拍摄对象的环境有着敏锐的认识，然后进行调整，尽可能拍出一幅佳作。一旦把拍摄对象周围的"东西"纳入了画面，问自己一个问题：你的拍摄对象与环境构成怎样的关系？

设想一下，你的孩子第一次参加万圣节活动，谁不想拍摄那些奇装异服的小鬼们？但当他们结束"不请客就捣蛋（trick or treating）"的游戏走回家时，考虑一下，你想让他们处于画面的哪个部分。一般来说，你可能只是拍摄，

乔尔：在埃尔塞贡多（*El Segundo*）拍摄蓝蝴蝶报道时，我想表现出它生活在洛杉矶国际机场的附近。

乔尔：我们花了三天时间才拍到这张照片（前页图）。我们把这只雄性蝴蝶装进一个树脂玻璃制作的瓶子中，然后放到洛杉矶国际机场飞机跑道尽头的一个架子上。蝴蝶是听不到声音的，所以它不在意噪音。问题在于，要把这只蝴蝶和飞机同时拍入画面。我使用了广角镜头，但蝴蝶只是在瓶子里面乱走，飞机起飞越过头顶时，它常常处于一角。

并没有考虑他们的身边会有什么。那么你的照片上可能会有道路、前院、门廊一角、一部分人行道——还有你的配偶和孩子。

只要拿出30秒钟，考虑一下如何对拍摄对象进行最佳拍摄，你可能就会拍出一张与众不同的照片。低角度拍摄，顺着人行道看过去，会怎么样呢？笔直的人行道会形成一条有趣的"线"，一直深入照片，而且低角度拍摄还

会把夜空纳入画面。同时，这些要素使画面变得规则有序，将人的注意力引向画面的重点：刚刚在游戏中胜出的可爱孩子和他们自豪的父母。

除了构图，你还会想要改变接近拍摄对象的方法。忘掉"别动"和"茄子"。相反，试一下"让我看看所有的糖果！"你不知道会发生什么，但你应该做好准备，抓拍

接下来发生的一切。开始时使用广角，给自己一次机会。

如果喜气洋洋的孩子抓了一把糖果，朝天上撒去，立刻拍摄！如果他把手插入成堆的战利品中，向你展示收获，立刻拍摄！如果在室内，就让孩子把所有的糖果倒在地板上（他可能也会这样做）。不要用平常的站立姿势拍摄，稍微调整一下角度。正对头顶：站在兴高采烈的孩子的正上方，在他欣赏着周围战利品的时候，从上往下拍摄。你可能无法确定自己会拍到什么，但至少你在为某个精彩的构图而努力。

在孩子开始在战利品中穿梭时，你还可以蹲得很低。观察一下前景和背景——如果前景中糖果堆成了山，那就成为描述万圣节经历的第一个亮点。现在，看一下背景。通常，你做出一个细微的调整就可以净化背景，把焦点只集中于孩子身上。

那么怎样获得精美的构图呢？花费一点时间，注意一下你的环境即可。简化拍摄对象的环境是重要的第一步，但好照片的产生有多种方式。对每一张背景干净整洁的照片来说，即使前景和背景内容很多，也还会是一张不错的照片。

要发现令人满意的画面并不总是那么容易，每一个拍摄机会都有很多不同的构图选择——有些构图比其他构图更胜一筹。你喜欢的构图可能只有你自己喜欢，但是这永远值得尝试。你有可能最终获得真正精彩的构图。

乔尔： 我们正在休假，斯宾塞刚开始学会爬行。我想尽可能多给他拍些照片，可他不愿意停下来。他想找妈妈，可妈妈正在屋里。太阳下去的时候，我刚好站在他的上方，从正上方往下拍摄。我尝试了三种拍摄方法：仰拍、俯拍、360°拍摄，这就是一个很好的例子。

三分法

成功构图的指导原则有数种，都是提高照片质量的可靠方法。三分法是摄影师要学习的第一准则。从你的归档照片中任意拿出一张，想象着在上面画出一个井字格。看看照片中的兴趣点是否有处于线条交会处的四个点上。如果有，那你已经成功地运用了三分法。如果你拍摄的大部分照片都是让拍摄对象处于画面中间，那你需要尝试一下三分法。运用了这一准则，照片会人为地形成不对称感，但往往会更加引人注目。下次拍摄照片，在构图的时候，要想象自己的相机取景器上有一个井字格。

这听起来似乎是一件不可能的事情——在那转瞬即逝的一刻，一边捕捉照片，同时还要在画面上想象出一个网格，从而把拍摄对象拍得更有趣味性。关键并不在于过分关注如何做得面面俱到，相反，是要在不起眼的宽松环境里实际操作、实践。

如果这一点有所帮助，那就跟着孩子或小狗在屋里转上一小时，从头拍到尾。训练自己不要把颇具吸引力的拍摄对象简单地置于画面的正中央。

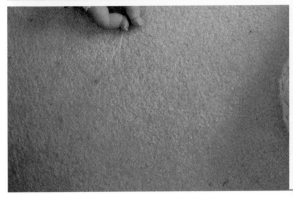

拍到你和拍摄对象都无法再忍受的时候，那就开始比较照片吧。是不是有些照片比另外一些更有趣？你是不是成功地改变了自己看照片的方式？你可能会惊奇地发现，自己可以迅速地改变照片，把普通的家常便饭变得有些不同寻常了。

乔尔：这是在埃伦的房间。房间的光线非常好，她们在地板上玩耍。墙壁很凌乱，所以在这个房间里，我喜欢从上往下拍摄。这个角度不错，只要光线到位。通常，地板会成为极好的背景。

背景和前景

处于拍摄对象前后的物体，对照片来说是极其重要的。要养成一个习惯，先观察周围环境，然后再拍摄——要么将其排除（如果它们分散注意力），要么将其纳入照片构图之中。你可以试试按顺时针方向环顾一下画面，把所有的东西都观察一遍。

抬高或降低相机、把相机竖起来，或只是变换一下你的姿势，你会迅速改变前景和背景。没有任何准则会规定站直了是拍摄照片的最佳姿势。

关于前景和背景，有几个常见的错误需要避免。首先，拍摄对象头上或头部周围的物体会造成很大的干扰。要当心电线杆、窗框、交叉线和其他物体，它们看起来像是从拍摄对象头部伸出来一样。你还要避免色彩、对比度或亮度差异很大的物体，它们会分散观者对拍摄对象的注意。记住，如果你想给孩子拍摄一幅

佳作，需要把任何干扰物去除或减到最少。

　　另一方面，前景和背景可以成为非常有效的叙事手段。如果你和拍摄对象参加一个聚会，它对你的照片很重要吗？你想将周围的树木纳入画面，让人们知道现场有多么美吗？在有些情况下，你可能更想要一个完全干净的背景。但在另外一些情况下，凌乱一点儿也很好。

　　小狗可能看起来是一种干扰，但它也可以成为不错的前景元素，表现家庭发展过程中的那种混乱。散乱的玩具和衣服可能是你想掩饰的，但也可以表达孩子和宠物带来的那种混乱感。

　　把照片分成层次是一种技巧，分别用前景、主体和背景各自讲述一部分故事。一个简单的例子就是，把被咬碎的玩具熊作为前景，后面是发现玩具熊的家人，然后把垂头丧气、做贼心虚的小狗作为背景。这种构图可以是偶然所得，也可以是有意为之。不管哪种方法，一旦拿出相机，都要做到心中有数。

乔尔：我个人喜欢用绿地作背景，但我先是用灰沥青地作为背景拍摄。女儿埃伦挑选了这双鞋。孩子常会做出令人惊奇的事情，你真的不必说什么，准备拍摄就是了。

乔尔：孩子都容易哭，这是我的侄子萨姆。我当时正在我父母家，背景是一条绿床单。我拍了几张，我弟弟鲍尔和弟媳劳拉正处于背景中，不断地说"够了，够了"。但正是孩子哭喊的照片提醒了我们，当父母和孩子在一起时又会是什么样的情形？这种照片很有意思，同时又充满感情。这就是一幅好照片所具备的：良好的光线、简洁的背景和些许温情。

近一点/远一点

跟 大多数人一样，每次拍摄时，可能你与拍摄对象的距离都是一样的。下次拿起相机时，注意一下你的位置，然后进行一些调整。靠近点，再近点，直到你的孩子完全充满画面。然后退后，再退一点，让拍摄对象在画面里变得很小。只要在这两个方向上走几步，就会彻底改变照片的感觉。这个方法比买大量附加镜头要便宜得多。

"充满画面"是拍摄佳作的一种典型而有效的方法，靠近（让主体充满画面）或远离（让环境充满画面）就可以做到。

比如你和家人一起远足，想在森林里给孩子拍张照片，不要习惯性地在你惯常熟悉的距离拍摄。相反，往后退一退，离他们远点儿，

使巨大的森林成为画面的主体。与四周自然环境相比，孩子在画面中看起来很小。这就是构图的含义——改变你的照片创意，把简单的事物（孩子与其身后的树木）变得更有趣、更不同寻常。

走近一些，可以赋予照片一种亲密感。但要记住，有些相机和镜头在几英尺的距离内无法聚焦。如果靠得太近，广角镜头会使人脸变形。如果是为了好玩，就在保持焦点的同时尽可能靠近。不必把一切都框入画面，弄清楚你看到了什么。你可能更喜欢有细节的照片，而不是全景照片。

乔尔：（对页图）我当时在朋友家观看超级足球杯赛，这只猫正坐在一堵砖墙前。光线不是太好，所以我用了 *60mm* 的微距镜头进行拍摄。上图中的这只猫是在某一天日落时分出现在农场的一只流浪猫，当时我正准备给门廊刷漆。它与柱子相映成趣。我使用了 *20-35mm* 的广角镜头，尽可能把大部分门廊拍入画面。我从背景开始往前进行构图。

乔尔：（下页图）这是一个背景为主体，而人只作为道具的范例。我看到云彩滚滚而来，就让家人上车，来到林肯市的最高点———一座大坝的顶部——这样我就拍到了这张照片。

微距摄影

很多傻瓜相机都有微距功能。有些相机装有可以拍摄特写的镜头，还有一些相机具有"数码"微距功能，画面能被剪裁，从而模拟出微距镜头的使用效果。这些几乎都属于相机自动模式中的"花卉"模式。

首先，找一个自然光线充足的地方，最好是柔和的散射光。可以是挂有窗帘的窗户附近，或是光线经墙壁反射回来的房间。力避直射的太阳光，这既是出于对孩子的安全和舒适的考虑，也是为了避免形成刺目的阴影。还有，最好不要使用人造光，因为人造光通常不够亮。你一定要避免使用闪光灯，因为直接来自相机的光线会使拍摄对象显得很难看，而且还可能分散拍摄对象的注意力。

接下来，为孩子选择一个拍摄背景。要找一个简单的背景，比如把孩子放在一个纯色的毯子上。如果孩子睡着了，那就更好了——使用微距功能进行拍摄，此时需要拍摄对象非常安静。拍摄时要运用你的审美感觉，但记住，你需要把所有的注意力集中到孩子的细节上，而不是背景中那些眼花缭乱的图案。

将相机设成微距或"花卉"模式。因为这种设置是一种自动模式，所以相机本身极有可能会自动设定ISO/ASA速度以及光圈和快门。

开始构图。如果你的相机不对焦，那可能是靠得太近。每个相机都有最小对焦距离，所以你必须离远一点儿。另外，要记住的是，真正的微距镜头焦平面都很小，因此景深很浅。这就是为什么微距功能能够弱化散乱的背景的原因。

从拍摄他/她的手部开始练习，但要尽量让一只手或脚充满整个画面，并使画面显得简单、明了。然后再反过来试试：如果给画面留出大面积空白，将脚趾或手指置于画面的正中央或下方，效果会怎么样？如果背景分散注意力，简单地用白色毯子一盖就万事大吉了。

也不要仅限于消极的拍摄。宝宝喜欢抚摸，所以你可以抓起他的手或脚，来获得更好的角度。宝宝喜欢受到关注，你可能会发现，放慢节奏，仔细观察宝宝的这些小特征也是一件令人陶醉的事。

继续尝试拍摄他的耳朵、眼睛、稀少的头发以及各种表情（甚至不高兴的表情）。拍摄过程中，那些看起来过分的行为都会留下一批照片，你将来会满怀慈爱地去看这些照片。

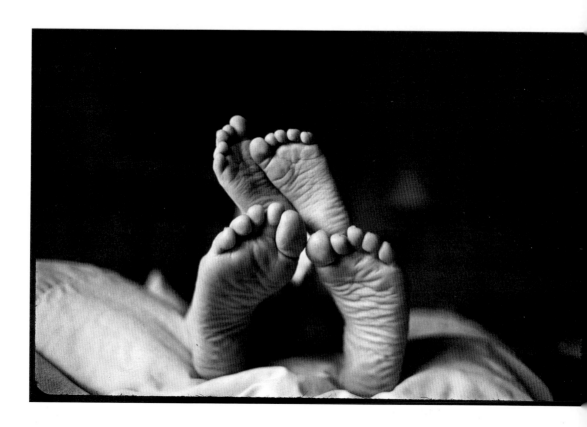

乔尔：你可以利用黑暗制造一个干净的背景。一个冬日，我们在芝加哥一家旅店的房间里。斯宾塞躺在凯茜身上，他们正在看电视。房间的窗帘半掩着，所以光线照到了床尾，而不是床头。我低下身，按光线曝光，将背景排除，从而拍到一张背景纯净的照片。

低点儿/高点儿

如同你与拍摄对象的距离一样，你的拍摄角度也许已成了习惯——与眼同高的拍摄角度，让人乏味。低下来，高上去，过头顶，或是站到椅子上、床上，或者躺下，从地板往上拍摄。你会惊讶地发现，仅仅改变一下角度，就能非常显著地改变你的照片。

孩子还小的时候，经常是躺在地板上或床上，所以，拍照的时候尽量跟他们保持在同一个高度是一个不错的做法。比如，我们几乎总是从上往下俯拍睡眠中的宝宝。但是如果你从与床同高度的一侧进行拍摄，会怎样呢？如果孩子在玩耍，你趴到地板上，把积木作为前景，会怎样呢？

这正是摄影师提高作品质量的办法：做一点儿额外的（或大量的）努力，拍摄与众不同的画面。

乔尔： （对页图）我让凯茜把斯宾塞举起来，因为我想拍一张宝宝的大头照。他正扭动着，所以看起来好像要跳出画面。

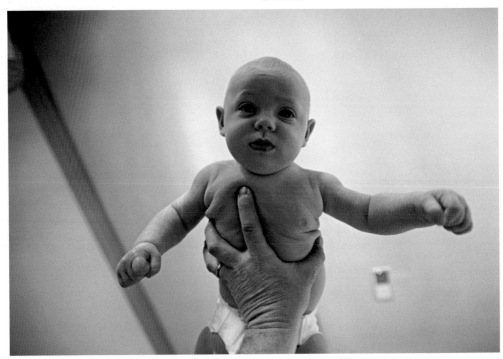

乔尔： 斯宾塞吃了一惊。我原想趁他长得还不是太大时拍摄，但在这张照片中他已经不小了。外面太冷，所以我决定在室内拍摄，以天花板为背景，这是一个不错的纯净背景。我把相机设成光圈f/2.8，快门1/60秒，ISO400，然后把他举了起来。

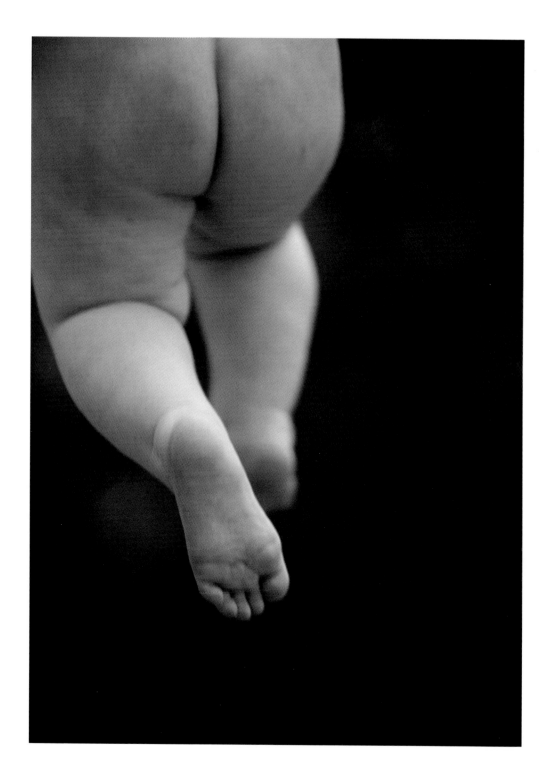

竖幅拍摄

试着经常将相机竖起来，而不是横着用。注意它如何显著地改变了画面的构成。竖幅拍摄往往可以清除凌乱的背景，有利于更好地表现拍摄对象。

有些时候，竖幅拍摄比横幅拍摄效果更好：建筑、人物（特写或只有一两个人）以及本质上是垂直的而非水平的任何事物。

在拍摄小不点儿的时候，竖幅画面还可以获得不错的视角——尤其是当他们在地板上仰视高高的父母，或在高大树木的阴影下睡觉时。如果你想拍摄一张有大面积蓝天、地平线很低的好玩的照片，竖幅拍摄是一个绝佳的办法。

同时，寻求其他构图理念来表现竖幅画面。线条、色彩、平衡和重心只是你在取景器中看到的、可以让你想到用竖幅构图进行拍摄的一些要素而已。树木、气球、窗户、门口——这些都是可以用竖幅画面表现的普通物体。

竖幅照片，尤其是在室内，往往会使照片中的其他事物和人受到限制，有助于简化拍摄对象。如果你的孩子正朝窗外凝视，你从后面拍摄，竖幅视角会强化窗户的高度与孩子的高度所形成的对比，同时有助于减少横幅画面里可能出现的任何混乱场景，比如家具。一般来讲，如果你在室内，"物体"的水平状态往往比垂直状态多。记住这一点，有助于你消除照片的混乱感。

应经常把相机竖起来使用。没错，很多相机主要是为横幅拍摄而制造的，但翻翻最喜欢的杂志（顺便说一句，是纵向格式的），看看有多少照片是竖幅的！

此外，规定自己去拍摄竖幅照片。用一个小时或一个下午的时间只拍摄竖幅照片。在你放松休息和玩的时候拍摄，找一些用竖幅画面拍摄比横幅更好的情景。

在改变你观察事物方式的过程中，把竖幅拍摄作为一种练习。在室内拍摄一会儿，利用窗户、门框、垂直的线条，将你司空见惯的照片竖起来。

然后再到室外，孩子抬头看着树上的松鼠或小鸟，会帮你改变对竖幅的看法。做完这些，把你拍摄的照片与横幅照片对比一下。这一练习将有助于你看到它们之间的区别。

乔尔：_照片中的一切都是纵向的：窗户、建筑，甚至是孩子。我必须竖幅拍摄。我通常非得碰了壁才会用竖幅拍摄，因为我觉得竖幅不好把握。竖幅拍摄的准则就是：如果照片中的线条纵向引导你，那就如此拍摄。_

尝 试

不存在"正确的"构图，但肯定存在能够博得"哇！这张照片真是不可思议！"之类评论的构图。这是摄影的最佳状态，开心地玩吧！

每个场景不要只拍一两张就结束。专业摄影师出于多种原因，每个场景都会拍摄很多照片。他们会巧妙地改变构图，等待着合适的光线，或者一边拍摄，一边等待拍摄对象走入绝佳位置。这样拍摄的每组照片中，都会有一些佳作，但很多时候，只有一两张真正令人难忘。

我们大多数人拍摄照片都有些习惯，这些习惯往往会妨碍成功的构图。我们在看到好的构图时能够体会到妙处，但却不一定能依葫芦画瓢。

在地产销售、跳蚤市场或古董商店淘摄影佳作，可以得到很多不同寻常的构图创意。你能发现来自世界各地的照片、许许多多业余摄影师的作品——你会发现迥然不同的构图。当然，你会看到人和物体处于正中央的位置，但你也常常能够发现构图非常吸引人、非常复杂的照片。也许，摄影师选择了与众不同的角度，靠得更近或离得更远，或在现场发现了某种令人满意的光线。

构图的第一条准则？不要放在中心。

第二条呢？打破准则。

尝试新拍法，摆脱旧习惯，敢于冒风险。

结果呢？是装满更多佳作的、令人耳目一新的相册。

乔尔：在拍摄结束时，埃伦把花塞进裤子，我意识到这一细节也很重要。我认为，这是这次拍摄中最棒的一张照片。

乔尔：你可以用多种方法来拍摄一张照片，这就是一个很好的例子。这是同一块草地，同一套衣服。埃伦独自一人掐着花瓣。她一边吹着种子，一边笑着。有几张照片使用了金色反光板。如果是讲故事，老套的拍摄方法会考虑使用广角镜头、中景和近景。那样的话，更大程度上说，是一个完整的工作流程。

其他构图观念

你 拍每一张照片都要尽可能地尝试多种构图技巧——至少有时间就多拍。当你逐渐地掌握了这些技巧，你就可以开始在各种场合融会贯通，匹配使用。

在运用三分法的同时，要考虑照片的背景。运用三分法，并打破框框。越拉越近，更近，但仍然不把特写放在中心位置；然后打破三分法，将拍摄对象放回画面中心；改变你的角度，往后退——这都是实验的方法。尽量找到最适合你的方法，美感上最吸引你的地方。没有什么对和错，要愿意尝试一切。

利用自然画框：门框、云彩、花朵——画面中看到的一切，都有助于自然地衬托拍摄对象，给照片创造一个强有力的视觉中心。

抽象与细节：不要将自己限定于主体——前景——背景的构图模式。问问自己照片中什么是重要的，然后以你看到的方式拍摄。如果孩子处在不同寻常或引人注目的物体上，那就从你能框入所有重要细节的角度进行拍摄。

打破框框：作为电影、电视和照片的一个共同点，"打破框框"就是说，巧妙地让拍摄对象走出画面，从而令某些部分被剪切。这种方法可以表现运动感或暗示延伸到照片外的空间关系。

选择焦点：使用小景深，或离拍摄对象很近，会使照片中其他部分模糊不清，从而将观众的视线直接引向重要的部分。拍摄孩子的手或脚时，你会更愿意使用这一技巧的。只对着几个脚趾或手指（或刚刚拔掉的牙）对焦，同时注意背景里的内容，以防干扰。

色彩：色彩是摄影佳作的最显著的要素之一。尝试在画面中使用对比色、类似色或原色。蓝天是使用色彩的简便方法——如果你放低位置，可以把家人和大面积的天空拍到照片中。但同样可以寻找色彩饱和的墙壁——这些都可以成为有趣的背景。

重复：注意画面中反复出现的元素，利用它来形成有趣的构图。如长长的篱笆、大量色彩鲜亮的小甜饼，或空中的风筝。

平衡和重心：注意色彩、暗部和亮部对照片中拍摄对象的视觉"重心"方面产生了怎样的影响。由于任何事物都有视觉重心，所以照片就存在平衡——或不平衡。在这张照片中，两幅肖像、两盏灯和处于画面中心的椭圆形镜子使照片获得平衡，我祖母身处右侧的独特位置，吸引了你的目光。

光 线

光线是照片的要素之一。要了解光线如何影响照片，方法很多，但有一个不错的方法是看电影。为什么？为了表达特定的情感，电影中的光线是经过精确控制的。电影的摄影指导都是光线大师。由于有高额的电影预算，所以他们可以等待完美的光线，或利用昂贵的设备自己进行布光。即便是最简单的电影场景，在布光上所花费的工作量也大得惊人。

光线的多种特性为照片提供了无数的情感选择。蓝色调给人以寒冷和孤独的感觉，而暖暖的红色调则使人平静。

光线的方向也会影响人的感觉。夜晚长长的阴影使照片与中午刺目的顶光完全不同。没有阴影——日落前后的几分钟——给人一种非现实世界的感觉。

阴影还十分具有表现力。柔和的阴影意味着温馨、浪漫的场景，而刺目的阴影呈现的则是令人紧张的时刻。

画册也可以作为学习布光的初级读本。摄影师往往会利用他们喜欢的光线，你可以从他们的某些佳作中欣赏用光。

时时处处都可以发现拍摄照片的理想光线。如果你学会发现光线，你的照片就会与众不同。

乔尔：这是日落时分，在我以前生活过的一个农场。我和妻子在主人的卧室，我把窗户中的谷仓也框入画面，想赋予照片一种农场的感觉。我在这里也给其他家人拍过照片。

第一批肖像照

宝宝开始自己能坐起来了，这时你就可以开始拍摄他的一举一动，而不只是拍摄他躺着或趴着。把家的里里外外都观察一下，找些适合拍照的地方。选择一个自然光线充足、背景没有太多分散注意力物品的地方：你要避开与拍摄对象抢夺焦点的招贴画、镜子、图画、楼梯以及其他任何家具或装饰。

正面光： 从前面照亮宝宝，是最显而易见的用光方法。以这种方法开始，注意阴影以及光线对宝宝容貌的影响。

侧光： 让宝宝转一下身或动一动，使光线不再从正面照射，而是从侧面照射。注意阴影——如果你能找到宝宝双眼都闪亮的姿势，那就试试。但同时也试试从侧面打全光。

背景光： 这需要技巧，但也会产生惊人的效果。逆光照明能给头发和皮肤增加一道奇妙的光，给照片制造出一种迷人的感觉。大多数摄影书都会告诫你避免使用这种光线，这是因为有时候它会使自动相机产生错误曝光或对焦不准。为避免这种情况，尽量使用柔和的散射光，而不要使用会产生浓重阴影的强光。比如，如果你使用直射的正面强光和侧光，那就降低阴影或把宝宝移至光线较柔和的地方。然后仔细摆好相机位置，让宝宝的脸充满画面，将光线从后面打到身上。在近距离范围内，相机曝光准确。如果不准，尝试使用曝光补偿（见第64页）。通常，相机对现场曝光都会不足，因为户外光线会使相机对现场的测光比实际偏高。使用相机曝光补偿的"+"模式增加曝光。开始只加一点儿，然后不断增加，看看照片有何变化。如果往后退一退，离宝宝远点儿，让更多的背景光进入画面，你极有可能需要更多的曝光补偿来对宝宝进行正确曝光，而周围的环境则会过亮。

反复试验法会再次成为你的好帮手。从各种距离，用不同照明方法拍摄大量肖像照。肖像摄影最重要的方面之一，是与拍摄对象建立良好的关系。如果你能让你的孩子或朋友微笑、大笑或哭泣，那么精彩的、令人难忘的肖像照便唾手可得。

乔尔：我看到这张照片的时候，它令我想起拍摄宝宝的难度是多么令人难以置信。我曾在世界各地你能想象得到的、条件最糟糕的地方工作过，曾浑身爬满虫子，大汗淋漓。我宁愿这样，也不愿意尝试拍摄一张宝宝的佳作。他们无法保持安静。如果抬起头，那也只是一瞬间，能拍清楚你就很幸运了。不要气馁。不断地尝试，否则你永远无法给你的孩子拍摄一张难忘的佳作。

什么叫曝光？

曝光指的是胶卷或数码传感器接受的光量，其作用是形成影像。光线太多，照片会很亮，影响质量；光线太少，照片会黑得令人无法接受。这跟烤蛋糕非常相似，温度和时间决定着蛋糕受热的程度。对照片而言，道理是一样的，虽然它使用的是光线。

要捕捉到合适的光线，必须对相机进行正确设置。相机上的自动设置使相机能对照片的应有效果做出最佳估计。但使用自动设置，就意味着让相机来诠释你看到的一切，并且相机的自动程度也仅此而已。在一般的光线条件下，相机的自动设置效果很好。但是如果光线发生改变，你就需要自己改变曝光设置。

相机的工作原理跟眼睛相似：如果太亮，瞳孔就会缩小，减少光线的进入。相机的光圈就像瞳孔一样，只允许一定的光线进入。快门的开合跟眼睑一样，光圈和快门同

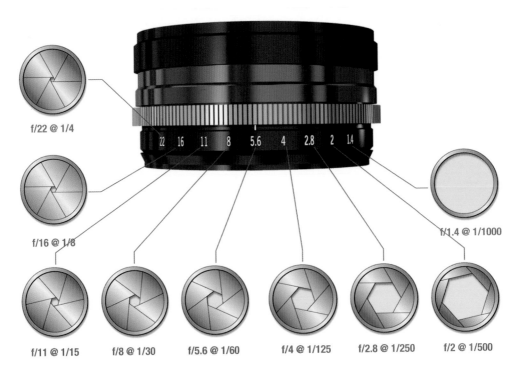

f/22 @ 1/4

f/16 @ 1/8

f/1.4 @ 1/1000

22 16 11 8 5.6 4 2.8 2 1.4

f/11 @ 1/15　　f/8 @ 1/30　　f/5.6 @ 1/60　　f/4 @ 1/125　　f/2.8 @ 1/250　　f/2 @ 1/500

在上图中，镜头光圈（f／档）与快门速度（分数）的每一个组合都会产生相同的曝光，或让等量的光线进入相机。尝试每一个组合，看看照片会有什么变化。你将会发现运动和景深的不同。

时使照片曝光。如果两者都不正确，照片曝光也就不会正确。

现代相机能够自己计算曝光。但如果你了解自己的相机，你可以利用相机的这种智能来为更高级的拍摄效果打下基础。

大多数相机都具有三种模式：全自动、半自动和全手动。在全自动模式下，相机会选择ISO（或胶片速度）、光圈和快门速度。用这种方法，你可以拍出不错的照片，但你无法进行大量有创意的操控，相机也不可能总会进行正确的设置选择。

为了给你提供一些选择，我们将设置的使用分成四个单独的类别：最简单、简单、高级、专家级。

最简单：使用全自动或"P"模式。这种模式性创意性的操控最少，但却是相机最快捷、最简单的使用方法。

简单：使用"场景模式"——所有这些设置都标有星月、山川或人脸标志。你可以告诉相机你想拍摄的照片种类，而不是让相机进行估计。这些模式将更高级的设置转化为你可能会碰到的情况。

高级：使用半自动的"优先"模式。

专家级：使用相机的"M"或全手动模式。

ISO、光圈与快门速度

曝光由三步操作共同掌控：ISO、光圈和快门速度。即便你只想使用自动模式，懂得这些，也有助于你最大限度地使用相机。

ISO或胶片速度：这是传感器或胶片对光线总的敏感度。在明亮的晴朗天气里，使用较低的ISO设置，比如100。在室内，选择400或800的设置。相机的自动性能通常会自动改变ISO，但降低ISO照片的画质会更好一些，色彩会更饱和，细节也会更好地得到保留。

光圈：把光圈看成相机"瞳孔"的开放程度。光圈控制着照片的景深。光圈开得很大（f/2），景深会变得很小（只有你的拍摄对象处于对焦范围）；光圈开得很小（f/32），景深会变得很大（拍摄对象、前景、背景都会处于对焦范围）。

快门速度：即快门开合的速度。快门速度会凝固动作（高快门速度）或虚化动作（低快门速度）。照片发虚，最常见的原因就是快门速度。你使用的快门速度太低时，要么相机，要么拍摄对象，要么两者都在曝光时动了。

分开来讲，这些设置都比较容易理解。但因为它们是相互依存的，那么事情就复杂了。这就是为什么相机会有各种不同的拍摄模式。这些模式使你能够告诉相机想要哪种照片，从而使拍摄变得简单。

乔尔：（下页图）拍摄这张照片时，我使用了广角镜头。高角度有助于简化背景，我拿着相机正对着妻子的脸。所有这一切赋予其一种内涵。

相机模式

虽然生产商尽量把相机做得简单，但相机模式并不总是很容易理解的。比如，谁会知道绿色方框里加个P是全自动的意思？的确是这样。在相机的说明书里，你经常会看到缩写的AE，它代表自动曝光，表示的是相机——不是你——会设置曝光。室内比室外要暗很多，大多数人并没有意识到这一点，因为从一个地方到另一个地方，人的眼睛能迅速进行调整。相机中这种设置通常使用较高的ISO速度，并改变其他设置，以便使更多的室内光线得到利用，而不只是依靠闪光灯。这样，照片看起来会更加自然。

最简单：全自动

在相机的模式设定中，通常有一个大写的"P"（有时候是绿色的，有时带一个绿色的方框），这等于让相机自动设置ISO、光圈、快门速度、对焦、闪光模式等。这种模式往往是一种安全模式，可以拍出清晰的、曝光准确的照片，但却会失去由各种手工设置所带来的创造性效果。

简单：自动场景模式

人物肖像

这种设置会选择较大的光圈（f数值减小），以减小景深，使观者对面部的注意力不至于受到周围环境的影响。它还可以改变曝光设置，使面部优先于画面其他部分，从而得到准确曝光。

动作/体育

如果你想拍摄运动中的足球或网球运动员，那就需要使用高速快门来捕捉动作。相机的"动作"模式会改变其他设置，以确保快门速度超过1/500秒。

风景

这种设置与人物肖像相反。它旨在缩小光

圈（f数值增大），增大景深以便于使尽可能多的场景焦点清晰。

夜景

这种设置会提高ISO，降低快门速度，这样夜晚更多的现场光就能得到利用。如果不使用这种模式，可能会失去拍摄对象周围的细节——除了闪光灯照射到的地方。通过降低快门速度和增加闪光灯，你可以更加准确地拍摄到夜晚的气氛。

高级：优先模式

这仍然是自动模式，但你可以自己对快门速度或光圈进行设置，然后由相机决定其他设置。通常使用这一模式时，相机不会自动改变ISO。

光圈优先

通常在转盘上标为"A"或"Av"。这种自动设置由你来选择光圈，相机会自动选择相应的快门速度，从而实现正确曝光。如果你想通过选择小光圈值（获得小景深）或大光圈值（获得大景深）来控制照片的景深，那

么这是一种不错的设置。Av代表"光圈值"。

快门优先

通常在转盘上标为"T"或"Tv"。这种设置与光圈优先相反。你选定快门速度，然后相机会根据现场光自动选择正确的光圈。如果你想用慢速快门（比如低于1/30秒）拍摄全景，或者你想用很快的快门速度（比如快于1/500秒）来抓取画面，这种设置早晚会用得上。Tv代表"快门速度值"。

专家级：手动模式

通常在转盘或菜单上标为"M"。这种模式由你来设定ISO、快门速度和光圈。相机不会根据这些设置自动做出任何调整。一般情况下，你应该根据你想要的照片效果使用相机的测光表来调整曝光。

基础进阶

随着你对相机的逐渐熟悉，你可能想做更多的尝试。就如同厨师拼凑食谱时歪打正着一样，摄影师可以调整相机的设置，拍出完美的画面。

比如，在拍摄孩子吹灭生日蜡烛时，相机的自动模式可能会因你使用了刺目的闪光灯而破坏现场气氛。技术高的初学者能意识到这一点，选择室内模式，从而使烛光得到保留，或许还会加上一点闪光灯。高级摄影师会采取更进一步的措施：调高ISO，根据情况将其设置为400或800左右。然后，他会关掉相机的闪光灯，选择优先模式来设定快门速度或光圈。

在进行这种调整时，重要的是要记住，开大光圈或放慢快门速度都会使相机抖动更加明显。在这种情况下，你可能需要使用三脚架或采用其他方式来固定相机，以避免图像发虚。

这听起来挺复杂，在这里列出一个简单的步骤表，供你琢磨：

乔尔：在这张照片中，我们让蜡烛照亮拍摄对象。我在她的面部使用了点测光来获得曝光量。ISO调到400，快门速度为1/60秒。

乔尔: 快门速度很慢，以获取背景中的部分色彩。我使用了一点从天花板反射下来的闪光灯光线，捕捉到画面并限制照片的模糊。

1. 设定ISO：ISO会影响所有的其他设置，所以首先对它进行调整以简化后面的步骤。

  - 明亮的白天用100

  - 中等光线用200

  - 室内或晚上用400或800

2. 你要用闪光灯吗？如果不需要，确保闪光灯已关闭。

3. 选择一种优先模式。

  - 景深很重要吗？

    选择光圈优先模式（A或Av）。

  - 捕捉动作重要还是有意模糊重要？

    选择快门优先模式（T或Tv）。

当然，光圈和快门需要密切配合，共同工作。所以要记住，你只需设定一个，相机会根据它所认为的正确曝光来为你进行其他设置。

内测光

大多数相机都有内测光功能，用来测量拍摄对象反射的光线——这是相机自动曝光的依据。相机内部的电子计算器经过编程，把大多数物体或场景都假定为平均亮度和色值。这一平均值就是被称为"中性灰"的概念，这就是为什么好一点的相机都设有曝光补偿和平均模式的原因。虽然内置电子计算器能够很好地估算出现场的亮度，但在很多情况下，曝光——如果进行曝光补偿或设为手动模式——会使照片看起来更完美，而不会发暗不清（曝光不足）或发白过亮（曝光太过）。

相机设为优先或手动模式时，取景器或显示器里往往会出现一个测量表。在优先模式下，测量表可用来调整曝光补偿（我稍后再在本章加以说明）。拍摄明亮物体时，你可能需要增加曝光，使周围的场景变亮。使用相机的调节装置时，你可以把测量表当作指导来增加曝光。测量表会显示曝光数据，增量被称为"增档"。

了解"档"

快门速度、光圈和ISO是相机上普遍存在的通用值，每个值都可按"档"增大或减小。改变其中一个值，另外两个值会受到影响。

假设你用快门速度1/250秒与光圈f/8的设置来拍摄照片。增加两档曝光可以通过放慢两档快门速度，或开大两档光圈，或同时放慢一档快门速度、开大一档光圈实现。你还可以调高两档ISO值，而快门速度和光圈保持不变。所有这些调整的最终结果，就是照片变亮了两档。但每种方法对最终照片的视觉效果各有不同的影响。调低快门速度可能会使拍摄对象变虚，开大光圈会使景深变小，调高ISO会使画面质量降低。

参见下面有关变档的深入说明，了解每种方法会如何影响你的照片。

乔尔：这是我在阿拉斯加州巴罗市（Barrow）拍摄的婴儿大赛。当时天气晴朗，赛事在中午举行，光线太硬。我知道我需要表现出背景的活动场面，所以我需要大景深。我把相机设成光圈f/8，调低ISO，以减少照片的噪点或颗粒。

改变快门速度的等效曝光

这 三张照片说明了快门速度是如何改变照片效果的。注意每张照片中的水有何不同。第一张照片，快门速度低，水完全虚化了；第二张照片，快门速度中等，水有轻微的虚化；但第三张照片，快门速度高，水几乎完全被凝固了。这三次曝光的光量相同，但区别在于用光的方法。

这张照片使用了1/15秒的慢速快门，虚化了处于动态中的水。正确的光圈设置为f/16，ISO400。观察曝光三要素之间的关系，请看右边的表格。表上的每条短横线代表一档。快门速度加快一档是1/30秒；光圈开大一档是f/11。

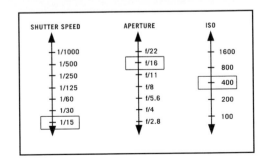

SHUTTER SPEED	APERTURE	ISO
1/1000	f/22	1600
1/500	f/16	800
1/250	f/11	400
1/125	f/8	200
1/60	f/5.6	100
1/30	f/4	
1/15	f/2.8	

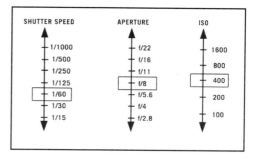

上图中，1/60秒的快门速度几乎凝固了水流。因为较快的快门速度减少了进光量，所以光圈必须开大，以增加进光量。因此，我选择了f/8。

注意表中快门速度从1/15秒变为1/60秒，两档变化。要保持曝光不变，就得改变光圈来增加进光量，改成f/8。ISO保持不变。

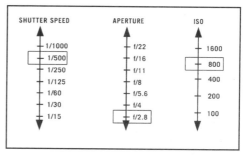

现在，我想用1/500秒的快门速度完全凝固水流。注意必须用多大的相应光圈设置来保证相同的光进量：f/2.0，这是只有高价镜头上才有的大光圈。下面，我们提高ISO，这样就可以使用较快的快门速度和较大的光圈，因为相机现在对光线的敏感度增强。为什么不能一直使用较高的ISO？因为ISO提高，照片质量会降低，色彩会模糊，导致照片失去精细的色调、质感和细节。

在此例中，快门速度提高了三档，为1/500秒，但由于光圈值无法低于f/2.8（镜头没有此设置），所以把ISO设置提高了一档。这样，曝光保持不变，较快的快门速度可以用来凝固水流。

直方图

在相机背部的液晶显示器上预览照片，可以大致了解照片质量，但很多情况还需要你自己进行判断。大多数数码相机都有直方图显示功能，这样你就可以根据画面上显示的暗色调、中间调、亮色调的曲线图来判断曝光情况。一张曝光准确的照片在暗部、中间调到亮部都有细节。直方图会显示照片是否会出现问题。

直方图的左侧代表黑色和暗色调（最左侧代表纯黑），中间代表中间调，右侧代表亮色调（最右侧代表纯白）。一张曝光适当的照片一般会在曲线图中间三分之二区域内保留所有值。一张曝光不足的照片——即照片太暗——其所有数据会处于曲线图的左侧；而一张曝光过度的照片（或者太亮），其大多数数据都显示于曲线图的右侧。

有两种情况除外。一张黑黑的夜景照片，其大量数据会显示于曲线图的左侧。而一张场景明亮的照片，其数据大都显示于右侧。这不要紧，只要曲线图不在最右边或最左边堆积就行。

这几句话会帮助你利用直方图进行正确曝光：

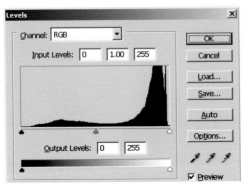

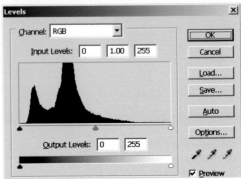

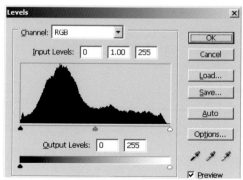

右为亮（直方图的右侧显示了照片上亮部的像素数量）。把峰值保持在中部（大多数信息应该处于直方图的中间，而不是聚集在两侧）。不要裁短高光部分（不要挤向直方图的右侧，否则会导致高光溢出，细节无法恢复）。

记住，这些都是总的原则。如果你拍摄黑色物体，直方图就会一直紧靠左侧。如果你拍摄阳光下的白色物体，就会出现相反的情况。

乔尔：（对页图）两幅雪景照片，相反的色调。左侧明亮的场景，其数据集中于直方图的右侧；而飘扬着雪花的暗色调照片，其数据则偏向直方图的左侧。

乔尔：（上图）这幅照片色调适中，因此数据集中于中间。

曝光补偿

曝光补偿听起来令人生畏，但要掌握也非常容易。因为相机无法对太暗或太亮的场景进行准确曝光，所以你需要调整自动设置，来增加或减少曝光（增多或减少进光）。

比如，一名儿童坐在一辆黑色汽车的车盖上，由于相机把整个场景视为黑色，而不仅仅是这辆车，所以就可能造成曝光过度。将曝光下调1到1.5档，由相机设定快门速度或光圈，减少进光量，使曝光更加准确。

这同样适用于拍摄明亮物体——阳光照耀下沙滩上的人们。增加曝光补偿，让相机知道，拍摄对象需要更多光线。

记住，通常越明亮的场景，越需要增加曝光；越黑暗的场景，越需要减少曝光。如果照片太暗，就将曝光补偿设为正值；如果太亮，就设为负值。

曝光补偿几乎普遍使用同一个符号来表示：+/-。傻瓜相机使用相机液晶显示屏上的菜单。比较高端的相机和35mm单反相机都有专门的曝光补偿按钮，或者半按快门，再调整相机背部的旋钮或按钮。

乔尔：这是在内布拉斯加州林肯儿童动物园里的火烈鸟。我尽量对相机进行手动设置，精心拍摄这个画面。

光圈优先

如果你想控制照片的焦点范围，你就需要利用景深。景深取决于你所选择的光圈。光圈越大（f/值越小），照片的景深就越小。景深变小会把焦点范围局限于拍摄对象上，从而使前景和背景中的物体都处于焦点之外——易于将具有干扰性的视觉元素排除。

你的相机应该有一种模式——由你设定光圈值，相机设定相应的快门速度——来进行正确的曝光，这叫做"光圈优先"或"Av"。尝试把光圈从最低的设置（通常为f/2.8）调到最高设置，注意快门速度如何变化。但要注意，光圈设得过高会使快门速度过慢，在没有三脚架的情况下，无法拍摄到清晰的画面。有时候，光圈设得太低，会导致相机没有足够快的快门速度，使照片无法准确曝光，造成曝光过度。

假设你拍摄阳光下一只白色的狗——这是一个非常明亮的场景。用光圈优先模式，相机可能会显示曝光设置为快门速度1/500秒，光圈f/11，ISO200。但是你可能想增加一档曝光，使照片更加明亮。记住，相机会将这种很白的场景假定成中灰，然后进行曝光设置，所以一拍摄，白色的狗就成了中灰色调了。要增加一档曝光，你可以改成手动模式，按下面的一种方法操作即可：将光圈开至f/8（比f/11孔径大，进光量增加）；将快门速度降至1/250秒（时间变长，进光量增加）；最后，不去管相机的设置，把ISO设定改成400（改变ISO设定并不方便，通常应该作为最后一招。但在这里，是用来说明这三种设置是如何相互关联的）。

要大胆使用相机上的光圈优先设置，它的确节省时间。如果你的相机设为光圈优先模式，那么在大多数情况下，你都可以不经太多思考迅速地获得理想的曝光。如果现场能持续一段时间，那就转成手动模式，增亮或压暗场景。记住，拍摄孩子的主要目的，在于抓住永不再来的飞逝瞬间。光圈优先模式至少可以在90%的情况下满足你的要求。

小景深光圈	正常景深光圈	大景深光圈
f/2.8	f/8	f/16
f/4	f/11	f/22
f/5.6	f/16	f/32

乔尔：这是埃伦在林肯儿童动物园。除了尽量使场景光线均衡、使快门速度足以捕捉她欢笑时的动作外，我担心的是景深。我十分准确地利用了景深，确保蝴蝶和面部都非常清楚，同时保持了足够快的快门速度来凝固动作而不使画面模糊不清。我没有在意背景中的树叶是否清晰。事实上，树叶不清晰可能会更好，因为这样会减少干扰。

改变光圈的等效曝光

如 同改变快门速度的情况一样，我拍摄了同一场景的三张照片。这次，使用光圈优先模式时，我设置了三种不同的f档：f/4、f/8、f/16。ISO仍然设为400，我让相机为每种光圈设定正确的快门速度。

这张照片是三张中效果最好的，因为光圈为f/16，景深很大，几乎使船上的一切都很清晰。但是如果你使用很小的光圈，快门速度就会大幅降低，以便保持场景的亮度，所以一定要尽可能地持稳相机，否则照片会模糊。

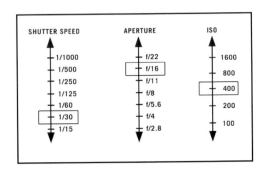

SHUTTER SPEED	APERTURE	ISO
1/1000	f/22	1600
1/500	f/16	800
1/250	f/11	400
1/125	f/8	200
1/60	f/5.6	100
1/30	f/4	
1/15	f/2.8	

我使用光圈f/8拍摄这张照片，为了曝光准确，所以稍微提高了快门速度。注意由于光圈开大了一些，渔夫偏离了焦点。

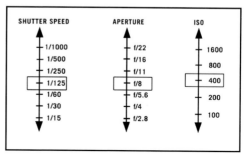

我使用了光圈f/2.8，渔夫完全地偏离开焦点了。对我来说，这张照片是最不成功的，因为我看不清我爸爸和哥哥，更别说我们捕到的那几条不错的鱼了。

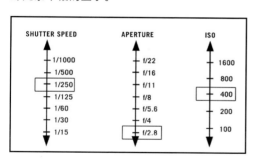

快门优先

快门速度的设定，决定着快门保持开启让光线进入镜头的时间。你已经了解了光圈为什么可以使照片与众不同，那么快门速度是如何改变照片的呢？快门速度导致的一个常见问题是：照片模糊。这有两个原因：相机抖动或拍摄对象在拍摄时动了。第一种模糊，相机抖动，只是因为快门开启的时候相机抖动。如果在拍摄时拍摄对象移动了，而快门速度又不够快，无法抓拍，拍摄对象就会模糊，用慢速快门拍摄合影就经常能看到这种现象。站着不动、保持安静的亲属不会模糊，但喜欢笑着逗趣的人则会不清楚。那么如何处理这两种情况呢？很简单。使用快速快门。

如果用心使用，慢速快门可以成为有趣的、极富创意的技术。有时候把拍摄对象拍虚，能给照片增添一种强烈的动感。拍摄孩子高兴地跳起来或追赶宠物，可以很有效地利用模糊方法。使用慢速快门，加上手法灵活，兴高采烈的拍摄对象就会变得模糊，而背景却保持十分清楚。

需要强调的是控制是关键。如果相机和拍摄对象都在动，拍出来的前景背景都会不清楚，那效果就没了。

另一方面，移动相机也会产生很棒的效果。尝试一下跟随拍摄。相机追随目标的时候，使用相对较低的快门速度，有意识地使相机与拍摄对象的移动速度保持一致。移动速度相同时，二者之间就不存在相对运动，拍摄对象仍处于焦点，但是画面中的其他没有运动的物体就会变得模糊。照片会表现出运动感，这样你就会拍到一张从无法看清的背景前快速经过的佳作。

这个效果很棒，值得做些尝试。孩子在屋里蹒跚学步，或第一次骑着自行车飞跑，你可以尝试用1/30秒、1/15秒或1/8秒的快门速度，跟随孩子小心地移动相机。

需要练习一段时间才能做好跟随拍摄。在对移动尚不熟悉之前，不要和拍摄对象靠得太近。你离得越近，越需要准确无误。最好是站得远一点儿，这样会拍到不错的照片。

要改变相机的快门速度，得找到快门速度优先设置。这跟光圈优先设置一样，不同之处在于，你首先设定快门速度，然后让相机来选择光圈。这种设置一般标为"T"或"Tv"，即"时间"或"时间值"的缩写。参看对页的表格，了解一下这种模式会如何改变照片。

乔尔：如果你能让拍摄对象以可预见的速度移动，那么跟随拍摄就非常简单了。你最好保持不动，从头到尾非常平稳地跟随着。这张照片，光线偏暗而且均匀。我用快门速度1/15秒、光圈f/8拍摄。ISO尽可能调至最低，因为没有理由不这样做，你会有足够的光线进入传感器，因为快门速度很低。

慢速快门速度	普通快门速度	快速快门速度
使用这种速度可以刻意虚化拍摄对象，或进行跟随拍摄；不用这种速度可以减少模糊。	安全速度，在拍摄最"普通的"拍摄对象时使用。	有利于凝固动作
1/4秒	1/60秒	1/500秒
1/8秒	1/125秒	1/1000秒
1/15秒	1/250秒	1/2000秒
1/30秒		

在内布拉斯加州林肯市的博览会上，夜空使秋千形成剪影。

第二章
进阶技巧

乔尔：凯西正招呼我进去吃饭。一天中的一个
普通时段变成了两分钟的拍摄，因为这是一个
不错的场景，房屋的门廊朝西，光线很好。

进阶技巧

精彩照片——跟音乐、绘画或诗歌一样——不是突如其来的。拍摄照片时，你可能偶尔会幸运一次。但要花时间去犯错误、做尝试，可能你总也拍不到自己喜欢的照片，对此要乐于接受。在这一章，你会看到很多令人喜欢的家庭照片——以及一些错误。

要强调的一点是，所有这些照片极少使用闪光灯。闪光灯的光线属于非自然光源，要注意。就像一只鹿在车前灯的照射下会显得不那么好看一样，人被相机的光线直射，不会总是很精神。闪光灯的使用很有技术性，正因为如此，最好把精力放在使你的努力更有成效的其他方面（如果你必须使用闪光灯，请参考第五章的部分建议）。很多善于使用闪光灯的专业摄影师，只要有可能都仍然避免使用它。你也应该这样。

简单瞬间

由于你的眼睛能很快适应室内光线，所以你就很难理解室内与室外相比有多暗。即便所有的灯都打开，室内还是暗很多。在大多数情况下，你在室内几乎总是要使用较高的ISO——尤其是在你不使用闪光灯的情况下。

拍摄这两张照片的设置是快门速度1/60秒，光圈f/4，ISO400。用1/60秒的快门速度足以抓拍人物，并同时避免相机抖动造成照片模糊。如果你的镜头无法开到这么大的光圈，你必须使用较高的ISO设置进行补偿。

乔尔：埃伦看起来很可爱。凯茜刚刚淋浴完，我让她从埃伦身后抱住她，并亲吻她的面颊。我把相机的光圈开至最大、自动对焦，没有什么大动作。

乡村公路

风光摄影涉及到恰当的位置、恰当的时间、恰当的画面元素、恰当的设备，尤其重要的是耐心。

这张照片是使用长焦距镜头——一般焦距至少在150mm的镜头——拍摄的。使用这种镜头，你可以将前景和背景元素在视觉上拉得更近。比如，如果你不使用相机来观察这个场景，卡车在背景前会显得更远。透过长焦距镜头来看，背景中的电线杆看起来与卡车很近，这被称为"镜头压缩"。

如果你有变焦镜头，可以尝试一下这个练习：用一排汽车或栅栏柱取景，把变焦镜头的焦距设为大约50mm或80mm来观察。然后往后移远一些，将焦距推至最大。你会发现，栅栏柱或汽车之间的距离看起来近多了。这是摄影师经常用到的一个小诀窍。

乔尔：这张照片想说明背景。我开车从农场回家时反复地看到这个场景，我从未想到要拍摄。在光线好的情况下拍摄一张有层次的照片，这可是个好机会。我使用光圈来控制照片上的干扰元素。如果公路很干净，你可以用大景深来拍摄。如果有干扰，那么你可以用大光圈f/2.8拍摄。在我看来，这张照片有点散乱，也就是说天空面积太大。我下次会拍得更好。

冷天参加游行

这是本书中少有的黑白照片之一。黑白照片使人的注意力集中到形状、结构以及照片的主题，而不是色彩。色彩很容易控制照片。像这张照片，你可以走近了，选择小一点的光圈值，大概f/4左右，用小景深拍摄。一点提示：所有的镜头都有一个对焦距离的限制。所以，如果相机不对焦，那是你靠得太近了。还有，同样的光圈，如果你使用较长的镜头来拉近，背景往往会比你使用较广的镜头更容易失焦。如果背景中存在大量你想减少的细节，较长的镜头和较小的光圈值是一个不错的组合。体育摄影师经常使用这一模式。

乔尔： 这是12月份，奇冷。那时埃伦才两三岁，她冷得要命。凯茜安慰着埃伦，她不想离开，因为游行队伍就要来了。我的座右铭是：如果他们欢笑，拍摄；如果他们哭泣，也拍摄。先拍摄，然后再问问题。我拍摄的所有照片中，反映哭泣的都是最有意思的。你从未看过有人拍摄孩子哭泣的照片。我的孩子每天都哭，至少有一个是这样。你怎么能不拍下生活的这一面呢？如果你不事事拍摄，你就是在欺骗自己。

家务

这张照片看起来很简单，但事先的几个决定对画面发挥了间接的影响。首先是选择用横幅拍摄。如果用竖幅拍摄，画面会失去人物四周混乱的微妙细节（包括背景中跳舞的埃伦）。其次，决定拍摄成黑白照片，以减少色彩的杂乱，使观者的注意力集中到科尔和凯茜身上，从而强调了人物而非环境，否则环境会压过场景。没有用闪光灯，厨房的顶灯是唯一的照明光源。如果使用闪光灯，会使光线看起来不自然，从而破坏画面。拍摄类似场景的时候，要把闪光灯关掉，把ISO提高到400或800，然后尝试用快门速度1/30秒、光圈f/4拍摄。必要的时候，调高ISO，以保证至少1/30秒的快门速度。

乔尔： 这是我的大儿子科尔，他不愿意理发，因为他想扮酷，我没花钱请理发师，因为凯茜知道如何理发。我曾拿着她家人的淑女照片作为交换条件，向她学习理发。科尔只是不喜欢理发，因为他们学校流行留长发。但是孩子上的是天主教学校，校长不让男孩子的头发过长。

家庭肖像照

家庭肖像照有三个基本要素：相机支撑物、自拍、光线良好的精彩"舞台"。

三脚架使安置相机变得容易，但要选择小型轻便的三脚架，这样你就不会介意随身携带着它。否则你需要临时准备。摄影师使用各种东西来稳定相机，从汽车车盖到梯子，甚至是一包豆子。

相机的自拍模式就是带有小时钟符号的那种模式。记住，你仍然必须准确对焦和曝光。大多数相机设好了自拍模式，半按快门就会准确对焦和测光，然后，全部按下快门就启动了定时器。如果可能，找人摆个姿势试拍一下，看看效果如何。事先阅读相机说明书，准确了解相机的自拍功能，这很有帮助。

最后一个要素就是"舞台"，与戏剧舞台的概念相似——让舞美设计出适于场景动作的布景。你同样应该寻找合适的拍摄场所，不要随便找一个地方就行了。画家肯定不会，你也应该如此，要挑剔一点儿，要寻找最暖的光线和有魅力的纯净背景。如果背景有些杂乱，那就把人物安排得离背景尽量远一点，并选择小光圈值把背景模糊掉（记住，光圈值越小，孔径越大，这能使你获得较小的景深）。

这两个例子（对页图）使用了两种不同的方法。上图是一张复活节的家庭肖像照，下图是家人的肖像照，我们第一次带着第三个孩子去看望住在疗养院的祖母。

乔尔：（对页上图）复活节是应该给家人拍照的日子——这是我们大家少有的、都进行化妆的时刻之一。光线太糟糕了，从后面照射过来，很单调，我需要遮挡一下镜头。这个例子很好地说明了，在仓促中使用自拍会发生什么情况。从技术上讲，这不是一张好片片，也不太有意思，除了我们看起来都很高兴、很整齐，而斯宾塞在尖叫。这是照片中唯一有价值的部分。

乔尔：（对页下图）我把祖母安排在窗边的位置。她很少抱斯宾塞，她的身体越来越差。不管你身在何处，都要尽量找到最适合拍照的地方。生活中的舞台在哪里呢？你把演员安排在哪里呢？如果在室外，我们要找光线最好的位置——在户外阴影中，光线不强或者光线很细腻。在荧光灯照明的疗养院接待室，天花板很低，使光线不错的唯一办法就是关掉灯，然后把人安排到窗边。这比头顶上的荧光灯管的光线要好多了。当然，你可以把相机设为荧光灯模式，用室内的现场光拍摄，但效果不会好。此外，如果你不使用侧光，人的眼睛下方往往会有阴影。伦勃朗懂得这个——看一下他的所有画作中的侧光。

家宴

这是一张很难用胶片拍摄的照片，但用数码相机就非常容易。画面中有几种光线，每种都有自己的色温：绿色的荧光灯、蓝色的夜光、头顶微黄的钨丝灯。数码相机的自动白平衡设置能很好地处理所有这些光线。记住，不要用闪光灯。把ISO设置在400以上，手不能抖（快门速度可能很慢，大概为1/60秒，光圈f/5.6-f/4.0）。

乔尔：如果你对几个世纪以来画家的作品颇有了解，那么很多作品其实非常普通。小的时候，我常想知道，世界上为什么有人会描绘为一块面包而祈祷的老人，或割麦子时站起来休息的人？在光线不错的历史画中，有很多相同的素材——宗教主题、战斗或者只是做着日常事务的人。对我来说，那些从未被拍过的事情——像洗餐具的妇女——事实上很值得拍摄。你根本没有看到关于人们现实生活的佳作，除了那些成堆的俊男靓女搔首弄姿的拙劣留影和孩子们装作在某地无人的白色沙滩上尽情享受生活的照片。大多数海滩都是人满为患，脏兮兮的，现实中的人不会像那个样子。如果我看到在光线不错的地方发生有趣的事情——如果场景看起来很好——我希望能有这个眼光，并拍摄下来。

感恩节

境肖像照，正如所说的那样，是既很好地交代人物信息，同时也能很好地交代环境信息的人物照片。给人拍摄照片时，问问自己，他们周围的环境重要与否。将环境拍入画面，有助于给照片带来一种完整感。

尝试把光圈开小一点儿，大概f/5.6，然后聚焦于拍摄对象。这样拍摄，背景不在焦点内，可以突出拍摄对象和环境的界限。看看为什么这所房子有点模糊？这使得乔尔的母亲和

火鸡——清楚地处于焦点上——在画面上异常突出，成为照片的重点。

乔尔： 我母亲的厨房光线很差。没有任何自然光线，我太懒，不愿用闪光灯。我让她到外面来，这样我们就可以拍出一张好照片。我母亲没有在外面搬过火鸡，她也不想。她想解下围裙，整理一下头发。我说："不，不，不！我们把火鸡拿出去再拍。听我的，很快就拍完了，马上就完。"如今她真的很喜欢这张照片，但在当时，她确实感到挺尴尬，因为我们在外面拍摄的时候，邻居喊道："莎伦，这只火鸡肯定很不错，或者很糟糕。"

弱光拍摄

你不可能总能找到光线完美的场景，不过光线很少的场景常常也能拍出精彩的照片。

要拍摄像这样的照片，你需要关掉闪光灯，调高ISO以便获得准确的曝光，使用相机上最大的光圈（f值最小）。还有，尝试不使用自动白平衡设置。相反，将其设成"日光"或"阴天"模式，这会使钨丝灯光变得很暖。自动白平衡常常会消除家用灯泡的暖调，使场景变得太冷。

这两张照片的光线色彩很相似，虽然它们来自两个完全不同的光源：一个是普通的钨丝灯泡，一个是火光。两张照片很好地说明了暖光是如何制造出一种亲近感的。

乔尔：（对页图）镜子在摄影中怎么用都不过分。一面镜子是同时展现屋子两面很好的方式。这是一个将普通场景拍成有趣照片的简单方法。在本例中，浴室里只有一个灯泡，照片是用35mm、f1.4镜头拍摄到胶片上的。这个镜头很适合在弱光下进行拍摄。

乔尔：（下图）每天总有一个时间的光线与火光的亮度差不多。拍摄火堆旁边的人，一个好办法就是不要把火堆拍入画面，但要展示脸上的红光。在这种情况下，你千万不能打开闪光灯，闪光灯会使照片遭到很大的破坏。它会将所有自然的暖意和所有自然的优美光线驱逐出画面。我从未见过一张打过闪光灯的照片能比得上大自然微妙、无修饰的环境光线。

完善假期照片

没 有什么像自由的假期和新的去处更能激励你去拍摄的了。你可以使用专门为旅行购买的新相机。注意不要拍摄雷同的、让人厌烦的照片，打破旧习惯。不要把每个人聚集到一起摆拍，要随时准备好相机，保持开机，根据所处的环境进行设置。现在，你就是记者：记录所发生的一切。告诉家人，忽视你的存在，然后等待良机。每个场景多拍几张，尝试多种不同的构图。令人惊奇的是，一张相似的照片在角度上做一点调整，或拍摄时机稍微不同，便会具有完全不同的感觉。

注意理想的光线，或在你知道光线不错的时候，做好外出拍摄计划——清晨和傍晚是黄金时间。想想有利的位置：你能低点或高点吗？同时，偶尔试着与家人保持一段距离，这样你可以拍到整体，这种照片也很不错。

如果你想到有意思的点子，那就去实现它。在这张特别的照片上，家人在码头上的全景很不错，但你无法切实感受到科尔捕到的这

条鱼有多大。它跟埃伦一样大！把鱼跟埃伦放在一起，两个非常重要的拍摄目的就达到了：纯净的背景和实现目的的构图——告诉观者他们捕到一条大鱼。

乔尔： 你的确得了解你的家人，了解他们能容忍什么，知道他们是否会同意。在未来的岁月中，你的照片需要他们，你不能断了这个纽带。你年老时，需要他们的照顾……所以，让他们感到自己是拍摄的组成部分，让他们参与如何拍摄，向他们说明会有所收益，这非常重要。我每次都给孩子们买冰激凌作为报答。如果他们必须跟鱼躺在一起，或假装与青蛙接吻，或者站在寒冷的室外等待我获得正确的曝光，我总是让他们感到这是值得的。

牧场上的朋友

摄影通常需要把握良好的拍摄时机，不要过于强调技术要素，这很重要。如果你碰到优美的景色和良好的光线，想拍不好都难。

这张照片运用了第一章所讲的三分法和大景深，以获取尽可能多的背景细节（为此，要选择f/8以上的光圈。这张照片用的是光圈f/8、快门速度1/60秒、ISO50）。第二张照片实际上与第一张照片很相似，但很小的景深使画面获得一种亲密感（光圈f/2.8、快门速度

1/100秒、ISO100）。这两张照片都是在正式摆拍之前出现的真实瞬间。很多情况下，不经意拍摄的照片是最动人的。

一个技术上的提醒：如果场景比预测的要暗或亮，照片不可能精彩，需手动调整一下设置，来增加（增亮）或减少（压暗）曝光。或者使用曝光补偿功能——如果相机有这个功能的话——记住用完后将其恢复正常。如果你对使用曝光补偿仍不放心，那就手动进行梯度曝光，以保证拍到你想要的效果。

乔尔： 我喜欢有中心的照片，家人处于正中心，一切都呈对称状，但同时我并不介意把人物置于画面的一侧。记住，第一条规则就是没有规则。

博物馆之行

色彩是照片表达情感最有力的方式之一。拍摄照片时，要随时注意色彩，要像琢磨背景、前景和拍摄对象一样去琢磨色彩。照片上，蓝色的喷水池和孩子黄色的衬衫形成了对比，色彩发挥了作用显著。类似色、对比色乃至缺少色彩，所有的这些都可以有效地加以利用，拍出好照片。这张照片如果从场景的角度来看非常简洁：常规的景深（f/8）、充足的室外光线（ISO100），快门速度1/125秒。

乔尔：我并不太喜欢这张照片，因为在记录这个场景时，这是一次失败的尝试。我认为它不成功，原因是它的光线太平，而且是逆光。但它在反映我儿子此时的状态上至少是准确的，因为他想把手放进水池里。但作为照片，它是不成功的。主要问题在于，我到那个地方，希望拍摄的是这座艺术馆。一些画家反对我拍摄他们的作品，于是我就拍了艺术馆的外景，它属于公共领域（拍摄公共领域不需要经过允许）。正当我不知道可以拍点什么的时候，斯宾塞爬到了这个人造蓝色喷水池。他趴下身，乱踢着。我琢磨了一下背景——喷泉停了——尽量保持背景干净、整洁。我始终保证背景清晰，然后尝试各种不同的角度——右、左、中——确定着拍摄对象的位置。角度不是教出来的，你必须自己去学习。

睡眠照片

孩子保持不动，不扔东西、不尖叫、不跑动，在这些罕见的时间里，尝试多花些时间拍摄通常被忽略的照片。睡觉、吃饭、淋浴——现在正是拍摄他们的时候，趁他们还没有完全长大，对拍摄还不反感。

跟你所有的照片一样，先从背景开始，按照你的方式前行。找一个背景干净、一览无遗的角度。简约总是会产生强有力的效果。想想你通常如何看你的孩子，你可以如何改变视角。有两种不同的有利位置可以表达不同的故事。俯拍能够同时聚焦于科尔和卡通狗，这是科尔当时睡觉的习惯之一。而埃伦的低角度特写照片传达出一种亲近感和亲切感。

留意良好的光线——打开或关闭窗帘、打开或关闭电灯——自己布光。避免使用闪光灯，原因显而易见，不能惊醒孩子。还有一个原因，闪光灯会产生难看的刺目光线。

你可能想知道，如何不通过取景器而得到俯视角度。有两个办法：第一，你可以从孩子的上方拿着相机，半按快门进行对焦和曝光，然后再按下快门，试验几次，你会拍到非常不错的画面；另一个方法是估算一下你要俯拍的

距离，然后在另一侧相同的距离上进行预先对焦。不要看取景器，在孩子上面放好相机，拍摄几张。如果你的相机的取景器可以旋转，你可以用它来进行构图。如果拿着相机按快门很困难，你还可以使用相机的自拍功能。记住，室内通常很暗，所以至少要使用ISO400-800z和大光圈，以确保一定的快门速度，使照片不会因为相机抖动而模糊。

最后，要记着对色彩、形状和结构都加以考虑。即便你的相机上没有某种模式，只要随机应变，就能拍出精彩照片。

乔尔：睡眠中的人真的挺好玩的，他们不可能离你而去。你可以用三脚架、慢速快门（因为他们不会动），获得很大的景深。你没有理由拍不好，因为你可以接近他们。

照亮埃伦的只是一盏普通的灯泡。夜已深了，她躺在沙发上睡着了，身上还穿着滑稽可笑的服装。她像伊梅尔达·马科斯等人一样，她买了100双鞋子和50套衣服，经常让人吃惊不已。她想弄清什么在流行，她经常穿着这些衣服睡觉，于是我就有了机会。冰激凌就不需要啦。

得克萨斯

乔尔：这张照片是在得克萨斯野生动物保护区为《国家地理》杂志拍摄的。我本来要拍摄一张有趣的土地照片，但风景乏味，土地放牧过度。这些奶牛都在汽车周围，这张照片仅仅利用了镜子。我经常用侧视镜拍摄，这能使你同时拍到前面和后面的物体。

肖像照

你可能注意到这页上几幅肖像照的相似之处。每张照片的光线都很好，背景也非常简单。

但是什么是好光线，如何发现好光线呢？有些人比别人更擅长发现好光线，但这是可以学习的。

光线有很多不同的颜色，从冷调的蓝色，到暖调的黄色。日出和日落通常非常暖，而下午三时左右，光线看起来就偏冷、发白了。阴天往往看起来比晴天蓝很多。

光线还可能硬或柔，你可以通过观察阴影来判断。如果阴影轮廓分明，光线就属于直硬光。柔光的阴影较为扩散——它可能穿过了树冠或薄窗帘——使面部显得更为好看。

最后，光的方向很重要。直接来自于上方或下方的硬光使人看起来很丑。想一下电影里警察调查的场景，只有一盏顶灯。另一方面，侧光——想想（荷兰画家）伦勃朗的油画——可以在人眼的阴影侧下方形成可爱的三角光。

尽量注意一天里的不同时间光线进入屋内的方式。上午、下午、晚上都是什么样的？你在哪里可以拍到可爱的肖像照？

"经典"肖像镜头是80mm镜头。它既可拍到35mm镜头可以拍到的广角变形画面，焦距又足够长，很容易使背景虚化，如果使用小光圈值的长焦镜头，在一定的光圈下，景深比广角镜头小。

乔尔：如果你能让人物顺其自然，而不是进行导演，他们会做出更多有趣的举动来。有时候，当我爬到梯子上时，我只是假装看着我的相机或修理相机，然后拍上几张，因为这都是很有意思的画面。

正式肖像照

正 如家庭肖像照中所提到的那样，要拍摄像样的肖像照，你需要三个基本条件：三脚架、理想的光线、像样的背景。

镜头也很重要。大多数人都有35mm镜头，这很不错。但如果你只有一个50mm镜头，确保使用广角镜头时不要离拍摄对象太近。这种镜头会在面部和身体上产生讨厌的变形，这跟你透过玻璃杯底观察世界没什么不同。如果你必须使用变焦镜头，将其焦距设在80mm左右，用f/4和f/8之间的光圈拍摄。你会发现，在照片上，拍摄对象似乎与背景分离开来。如果你从离背景较远的地方拍摄，可以选择更高的光圈f/11，仍然可以使她身后的一切虚化。但要注意光线，这种方法在柔光照明下不管用。

构图是最后一个，但并非是不重要的问题。从略微高于眼睛的高度拍摄，人们通常看起来更加好看（从下面拍摄往往显得怪异）。尝试各种构图，从全身到特写。同时尝试让拍摄对象直接看镜头，然后再让他看别处。在摆布着拍摄的间隔时间，寻找自然的瞬间。这些瞬间可以令你拍出佳作。

乔尔：我喜欢摄影，是因为我的记忆力不好，而我又不记日记。但如果我拍摄了照片，就真的可以保证记住了那个瞬间。我想那是因为画面的缘故。我用纪实手法拍摄家人的最大动力，在于避免家庭生活变得枯燥乏味。如果他们很有个性，善于表现，而且不喜欢摆布着拍摄，那你会拍到更有趣、更精彩的照片。你的家人使照片兴趣盎然。摄影使你记录了自己所经历的生活。给妻子、儿子或女儿拍照，他们无灾无病，无忧无虑，总会处于那个年龄。这是阻止时间流逝的最好方法，我们拥有这样伟大的礼物，真是太幸运了。在摄影出现之前，只有有钱人才能花得起钱给自己画肖像。所以，我们一次次看到的总是领导人，像乔治·华盛顿、托马斯·杰斐逊和本·富兰克林。想一想我们之前的每代人都无法拍到照片。在亲人去世多年后，他们无法记住亲人的模样。有了摄影，一种相对便宜而又广泛普及的方法，你就可以拦住时间的脚步，保留年轻和幸福的表情。为什么不花点时间拍摄那些意料之中和出乎意料的瞬间呢？

创作故事

用照片讲述故事是一项很有意思的挑战，它还可以帮助你想出有关照片的点子。《生活》（Life）杂志经典的图片故事模式包括：广角场景镜头、特写细节镜头、肖像，以及故事的"中心内容"——展示发生了什么事情的画面。这些照片一起传达了一种时空感。

不管你是在休假还是去商店，有时候在摄影中制造一个故事情节，是帮助你拍摄有趣照片的一个好主意。孩子的脑子里经常会有故事情节——他们假装成公主或国王、海盗或蝴蝶。事先对你想讲的故事进行分析，可以假设自己没有相机。

如果你觉得搞创意很麻烦，那就找个杂志，看看那些照片如何进行场景设置、进行拍摄、制作出照片。然后把这些相同的技巧应用于下次后院的捉人游戏上。

乔尔： 我们的朋友每年都举行寻找复活节彩蛋的活动。有一年，凯茜做了这件小兔子服装。第二年，她做了这个胡萝卜。这样在照片中，小兔子就可以站在胡萝卜旁边了。后来，我还把小兔子带到杂品店和牙医店。

街道摄影

在摄影佳作中，街道照片也是最令人难忘的一种：罗伯特·弗兰克（Robert Frank）拍摄的一个女人从新奥尔良有轨电车的车窗往外张望的照片，加里·维诺格兰德（Garry Winogrand）拍摄的乞丐在罗德欧大道上向两名打扮入时却表情茫然的购物者乞讨的照片，P. L. 迪克瑞西亚（P. L. Dicorcia）拍摄的在纽约市大街上形单影只、似乎迷失于人类海洋的路人的迷人照片。

捕捉到这些画面的关键在于耐心。选择现场光线所需要的相机设置，等待要发生的瞬间。或者提前考虑将会发生什么，然后做好准备，对好焦。

乔尔已然抓到了街道摄影佳作构图的微妙之处，但他同时也欺骗了一把。他没有等着埃伦拍球，让球弹到挡住她面部的高度。他只是让她咬住球的凸钉，这样球就在她脸前保持不动了。

乔尔：这是埃伦在我母亲的旧宅前和一只绿球的合影。只是拍起来好玩。有时候照片没有任何意义，我只是想闹着玩。照片不必取悦任何人，除了我，并且经常连我也取悦不了。

癌 症

乔尔： 凯茜病了，我很少拍摄。但我们一致认为，我们应该拍一两张，因为这是结婚20多年来我们发生的最大的事情。我们不知道她的病情会怎样，或病情会如何发展。因为其他所有的一切我都拍了，如果这时我们不拍点东西，这将会是一大缺憾。我认为，我只拍三件事：她坐在我母亲的沙发上、没有了头发，她躺在床上，以及去看医生。现在她已经好了，我们已恢复了正常生活。我们更加感激生活，满怀希望，我们多幸福啊。

和祖父共度一天

这些照片是使简单技巧拍出佳作的很好例证。科尔和青蛙的照片与科尔和祖父的近距离照片都使用了大光圈（f/4），靠近了拍摄。这种选择性聚焦有助于将照片的重点准确地保持在青蛙和科尔身上。如果使用较大的光圈值（如f/22），一切都会处于焦点范围，但照片就不会有这般亲近。

科尔和祖夫的远景画面运用了三分法、负空间法和框架法。将小船偏离中心位置产生视觉兴趣点，右下角的水草给小船提供了平衡。最后，使用较广的镜头造成大面积的、不影响注意力的负空间或空白空间。

乔尔：鱼不咬钩，于是我就寻找可拍摄的东西。我让他们离开我。这几年，这个池塘一直不适合钓鱼。这里有很多青蛙，让我们总有事可干。池塘水面很大，光线通常很好，你不妨拍上几张留作纪念。什么都不拍，只管享受傍晚时分，那也很好。如果有田园诗般的感觉，那就拍摄，但别拍太多。

选择性聚焦

个有趣的角度——在这个例子中，就是在蘑菇旁边趴下——大光圈使这张照片真的与众不同。乔尔选择将环境纳入画面，作为重要的细节，而不是将焦点对准在埃伦或蘑菇，或者两者上。柔和的傍晚光线也是一个重要的有利因素，比正午头顶的刺目阳光好多了。

乔尔： *每年春天，我们都在房屋四周采蘑菇，我给埃伦和蘑菇合影。我想表现出她的热情，她真的进入了状态。每年这都是最为期待的事情之一。我曾经早早地从东京飞回来，就是为了确保不错过这长达一周的季节。*

水 下

不管是浴缸里的水、池塘里的水还是海浪，水可以使照片令人难忘。在水下拍摄会改变的是：良好的对焦能力、光量以及在某些情况下的景深。

你不需要昂贵的防水相机。防水相机包——叫做外罩——相对便宜，能够罩住所有的相机，从傻瓜相机到较大的单反相机。购买一个适合你的外罩。

学习的过程中，如果光线充足，可以把ISO（从400开始）设置得比在室外阳光下更高，光圈值在f/11或f/16，那就可以拍摄了。景深增加，有利于解决水引起的任何对焦问题。

乔尔：我想在水下玩泡泡。我带着科尔到当地一家青年基督教会的水池，第一次测试水下相机外罩。我发现，水下摄影稍微有些复杂，但的确值得一试。

下午的光线

拍摄日落，很容易出现曝光错误导致天空过亮。为了避免这种错误，将相机对准天空，看看设置显示是多少。如果你的相机具有曝光锁定功能，在相机对准天空的时候进行曝光锁定。如果你使用的是自动模式，在相机对准天空时注意它所需要的设置是什么。它可能显示的是1/80秒、光圈f/8，但当你对着地面重新进行构图时，它会显示更长的曝光要求：1/20秒、光圈f/8。如果是这样，将相机调到手动模式，按照天空的数值1/80秒、f/8进行设置，然后拍摄。由于相机是按照天空的亮度设置的，因此云彩、天空光线的细节都会得到很好的呈现，地面的效果也会不错。有时候你必须对这种不同加以区分，选择介乎两者之间的设置。

这张照片有效地打破了横幅画面的三分法则，但要注意，它如何运用了竖幅画面的三分法则？如果把画面三等分，马大致处于下方的三分之一，天空占据了画面的其余部分。这张照片既取得了平衡，又有一种强烈的空间感。

在马首转离相机的一刻，拍摄也给照片增加了趣味性，让人似乎感觉不到摄影师的存在。

乔尔：这是长久以来我看到的最好的、最宁静的场景之一。环境对很多人来说意味深远。你不必在这里寻求真正的现实意义，这里只是没有堵塞、交通和噪音。

恶劣天气以及……

跟水一样，下雨可以成为摄影中的有效元素。天公不作美的时候，洒水车也可以。

这张照片的特别之处——除了那只不可思议的、可怜兮兮的狗和高兴的孩子——就是背景的简洁。洒水车的水滴在黑色背景的衬托下，格外醒目。为了表现下落的雨滴，你必须使用慢快门——大约1/60秒——但在使用慢快门的时候要小心地稳定住相机，因为孩子或狗的移动会使照片模糊。1/60秒是大多数人可以设定的慢速度，而不必担心相机抖动造成的模糊。但如果有把握，你可以将速度放慢至1/30秒或1/15秒。如果你没有三脚架，可以使用任何平坦的表面或冷冻蔬菜包来帮你稳定相机。不要忘记尝试几种光圈设置，直到找到理想的那一档。

乔尔：我喜欢坏天气。《国家地理》杂志的另一位摄影师萨姆·阿贝尔（**Sam Abell**）曾说过，天气变坏之际正是人们收起相机之时，所以这个时候他出去拍摄。天气变坏时，光线的确非同寻常，非常生动。有时候你会碰到直射的阳光和黑色的天空背景，这的确是有趣的光线，美丽而柔和。

蓝 调

这张照片用了一点小技巧，你可以用数码相机尝试一下。如果把相机上的自动白平衡设成钨丝灯模式，相机能正确还原屋内的钨丝灯光。但要注意，这时靠近房屋的室外光线变得多么蓝。这种对比，居然把一张平常的照片变得更为丰富。

你可能没有意识到，但你的眼睛在不断地自动调整着白平衡。当你在黄昏时分驱车经过家门口，看到黄色的光线从窗口照射出来，你的眼睛对夜空进行白平衡调整，这时的夜空往往是非常蓝的。如果你在室内，被黄色的钨丝灯光包围着，外面的一切对你来说似乎都是蓝色的。

相机对这些颜色的改变非常敏感。把白平衡改成不同的设置，而不是自动白平衡，照片的色彩会完全不同。这只是增加了一些手段，来帮助你把照片拍得更好。

下次你在黄昏时分到户外，试试"发现"光线中不同的色彩，就像相机那样。再拍摄的时候，你就会有更多的认识。

乔尔：我父母洗碗的时间长短没有规律。屋外周围的光线非常蓝，与屋内的光线强度相匹配。这种场景一天之中只有两个时间可以拍摄——黎明和黄昏。

剪 影

乔尔：这张照片拍自内布拉斯加州林肯市奥尔梅斯湖大坝。这是那里仅有的、可以拍到地平线的开放空间。大坝很大、很高，没有树，由林肯市负责保养，因此这里一直开放着，很干净，没有杂草。很多人把坝顶当作散步或跑步的地方。我们到这里来遛狗，我带着相机，觉得如果拍一张孩子们遛狗的照片会很有趣，而他们一到这里就开始相互追逐。我不忍心告诉他们我其实想拍一张他们遛狗的剪影照片，于是他们干什么我就拍什么。即便你来拍摄，你也真的无法控制孩子。有时候这样更好——这可能是个真正的优势。

室内游戏

要拍摄孩子的精彩瞬间，首先要能识别出来，然后才是拍摄。想想你的每个孩子都喜欢做什么。骑着三轮车绕着餐桌转？用布块和小玩具娃娃在房子周围摆布景？女儿是否迷恋拼字游戏？儿子是否到哪里都穿着超人服装？记住，这些状态不会永远持续下去，所以要尽量用照片拍摄下来。乔尔往往把相机放在屋里伸手可及的地方（孩子够不到），这样他就可以对场景有所预料（观察孩子），抓住时机（相机伸手可及），调整好相机进行拍摄。

乔尔：这个例子说明，要努力在光线好的地方拍摄——换句话说，就是寻找舞台，等待演员出现。在本例中，一天下午，科尔藏到这里，露出头来。我总是将相机放在附近，当时发现光线又亮又柔和。如果你了解你的房间，知道一天之中某个时段什么地方光线不错，那么当有好玩的事情发生时，你就不会完全没有准备。这是他一直喜欢玩的地方，这张照片如果在早上一起来就拍，不会理想——太暗。

如果可以的话，我会俯下身，跟拍摄对象保持一样的高度。与从你自己眼睛的高度拍摄相比，这样会更为亲近，也减少了单调感。如果情况需要，可以放低身体或站高一点。这都是不同的角度。

室外游戏

拍摄肖像照时，尽量不要仓促行事。来回走走，寻找不同的构图，时刻注意背景，以避免怪异的东西出现（比如烟囱从脑袋上伸出来）。记住，对一幅优秀的肖像照来说，拍摄对象和背景都非常重要。前景中有点东西也没什么不好，比如其他人、灌木丛或汽车以及邮箱。你给画面加入或从画面中删减的任何东西，都可能造成很大的影响。

在本例中，乔尔使用了小光圈值（f/5.6），以虚化男孩背后的房宅。这样就使观者的目光集中到了男孩身上，同时还让你感觉到他们所处的地点。由于景深较大，使背景中玩耍的男孩为照片增添了一些趣味性。如果画面中没有其他人，那照片就感觉像是一个鬼城。还要注意他的拍摄位置，角度低，大概跟男孩的眼睛一样高。与"成人"的高度拍摄相比，这个角度赋予照片完全不同的感觉。

乔尔：为了一个关于内布拉斯加州林肯市的拍摄计划，我在日落时分来到一个历史上著名的地区。我拍了几张男孩相互追逐的画面，然后他们安静下来，拍摄肖像照。我首先在男孩父母那里得到允许。现如今，很多人对陌生人疑神疑鬼，所以你必须停下来，先问问再说。

7月4日

夜间拍摄有些挑战。由于灯光较暗，必须调高ISO值，放慢快门速度，并选择小光圈值。内置闪光灯可能会有帮助，但只在大约15英尺的范围内起作用。要成功进行夜间拍摄，将相机的ISO至少设到400，然后按下列提示进行。

1.将相机设为"风景"模式。在这种模式下，很多相机会选择夜晚设置，不用闪光灯。

2.有些相机有"夜间"设置，要么关闭闪光灯，要么与完全的夜间设置配合使用。

3.自己关闭闪光灯，将相机设为"P"或其他半自动模式。

4.使用三脚架。相机会很稳（但拍摄对象可能不会，很容易模糊）。

拍摄焰火很难，但不是不可能。首先，稳定相机，最简单的方法就是使用三脚架。其次，对着焰火将要出现的地方预先对焦，使用较大的光圈值，以便对焦更为灵活。如果焰火之处没有什么可供对焦，可利用相同距离的物体进行对焦。

将相机设为手动模式，自己控制曝光（你需要长时间曝光）。开始时使用ISO100，将相机设为f/11、1/2秒。由于快门速度慢，如果不特别小心，连按快门也会导致相机抖动。为了避免这种情况，要么使用自拍，要么使用快门线，这样你不必接触就可以激发快门。

如果照片太暗，那就延长快门时间，但不要改变光圈，将白平衡设为日光或阴影。

埃伦的房间

拍摄孩子时，你的视角是非常重要的。在大多数情况下，你的身高可以让你俯视他们。在本例中，从成人的角度拍摄埃伦是行得通的，因为这是凯茜和乔尔每天打开埃伦的房门时都会看到的景象。光线很自然，所以一开始就设定ISO200、快门速度1/60秒、光圈f/4，来拍摄这个画面。

但如果从"他们"的视角来看世界，以寻求一点改变，难道不行吗？跪下身来，或趴下身来。现在世界看起来是什么样子？尝试从这些高度来拍摄。狗从三英尺高的角度所看到的世界有多大？参加家庭聚会对你两岁的孩子来说，是否犹如站在如林的大腿之中？后院是不是看起来像足球场一样大？

尝试用广角镜头，将更多的场景摄入画面。对"他们"来说，这是一个很大的世界，你能够拍摄到不同的视角（他们的身高似乎每周都在变化，所以这种角度转瞬即逝）。

乔尔：她的房间跟现在看到的一模一样——犹如有人洗劫过一般。在我家，其他地方的拍摄并不是这样。甚至在我有客人的时候，她也紧闭房门。现在糟糕的是，她把床当作存储区，而在乱堆中的地板上睡觉。

穿耳洞

拍摄这些照片都没有使用闪光灯，但如果你的相机有"补充"闪光模式设定的话，那么使用闪光灯就不会有太大问题。这听起来似乎很专业，其实挺简单。实际上，你是在要求相机根据没有闪光灯的情况进行曝光，然后再加上一点闪光，拍摄对象与环境区分开来，并凝固住动作。

这可以手动来完成，但相机上的补充闪光功能会使一切变得简单。记住，你的闪光灯只能打到大约15英尺的距离。所以，如果拍摄对象的距离太远了的话，闪光灯就不起作用。

我们一直在说避免使用闪光灯，但有些时候你可能只想拍一张曝光准确的照片，而不是进行艺术创作。生日聚会，或者一大群人处于不同光亮之下，都是使用补充闪光的极好例子。虽然这个时候可以使用全自动功能，但使用补充闪光，再加上从本书中学到的一些知识，会使照片更加好看。

先尝试在相机的全自动模式下使用补充闪光，看看效果如何。然后将相机设置到创意模式，比如快门优先。如果你在室内，要确保ISO设定在400左右，然后选择1/60秒的快门速度。试拍一张。通常拍摄对象会曝光准确，但背景会很暗。不断放慢快门速度，直到背景变亮——你的相机应该自动保持闪光灯亮度不变。

闪光灯的一个有趣的地方在于，它可以凝固任何被照亮的东西，使拍摄对象比周围的光线亮。所以，如果你使用1/30秒或更长的慢速快门，使用补充闪光灯有助于凝固拍摄对象。专业人士会用1/4秒的慢速快门，并与补充闪光灯同时使用，以获取非常有趣的效果。

拍摄的时候，尽量考虑好哪些是这张照片不可或缺的元素，哪些不是必需的。比如，穿耳洞的工作人员可能对你来说就不那么重要。不要给一张图片塞入过多的东西，否则你有失去中心的危险。

乔尔：这是一件大事。我妻子同意10岁的女儿穿耳洞。我从来没见过针刺穿皮肤。我想，看看孩子的反应会很有意思。当家里发生重大事件的时候，你要确保自己在场拍摄。

埃伦已经习惯了我的拍摄。她决定对我视而不见。这太棒了，正是我想要的。

小甜饼

注意画面上方科尔的帽子和下方的小甜饼。打破与拍摄对象保持距离的习惯，使用广角镜头（大约为35mm），靠近拍。因为这张照片是在室内弱光下拍的，所以使用了大约400的高ISO和小光圈值。这也有利于使背景淡出焦点，让这位初露头角的厨师独享舞台中心。

乔尔： *做好准备是关键。将相机设在自动曝光和自动对焦上，这样你就做好了拍摄的准备。*

伦勃朗光线

如果一个画面内的明暗交差很大，相机的自动模式会对场景做出错误判断，出现曝光不准确。在这个场景中，暗部很大，如果相机设在自动模式上，则会导致照片过亮。为了避免这种情况，将相机对准亮区，比如左侧的窗户或婴儿脸上的光线。注意，这里的曝光值与相机对准整个场景时不同。

你有两个选择：第一，将相机对准场景中明亮的部分，半按快门，大多数相机会设定曝光和对焦。然后，重新构图（同时仍然保持半按快门）拍摄。这种方法的问题在于，你的焦点与画面中的亮区可能不是等距离的。另一个方法是，相机对准亮区时，看一下相机的设定，然后按照这一设定设置相机，使用手动模式。现在你可以对拍摄对象正确对焦了。

乔尔：*好照片的要点在于，展示生活中此时此刻的情景——这对你很重要。*

马尔登的微笑

乔尔：为了拍摄微笑的小狗，我使用了钓鱼线。这是一根你无法看到的、纤细的单丝线。我用左手拉起放在它嘴内的线，拍摄照片，然后放下。狗很高兴，我也很高兴。她真是一条聪明的狗，很喜欢这样做，尤其是有玩具作为奖励时。

科尔·萨托尼在内布拉斯加州林肯市
乔尔的家庭办公室工作。

第三章
你的数码暗室

制作家庭肖像过去常常是非常困难的事情，它需要昂贵的摄影棚和暗室冲印。

你的数码暗室

暗室一贯是制作好照片的地方。在将胶片转化成照片的过程中，摄影师要能玩转对比度、色调和剪裁——使最终的影像变得完美。世界上的好照片都是在暗室里经过处理，才成为今天的这个样子：记录我们的历史，并且在某些情况下，成为艺术品。

由于有了电脑和图片软件，在没有化学药品、专用暗室或染料的情况下，制作照片可以变得轻而易举。你所需要的，就是硬盘空间和花费几个小时学习一些简单的技巧。我们会在这里利用一张照片给你介绍一下基本的操作步骤，这样你可以更清楚地了解这些过程，在家里用你喜欢的照片把这些技巧尝试一遍。在本章的最后，列有市场上可买到的软件表，你可以从中选择。在第141页，有一个有关软件建议的表格，不管你是Mac用户还是PC用户。

如果用Adobe Camera Raw软件打开数码相机的Raw文件，你就会在电脑上看到这个窗口。有些相机经营商会把Raw转换软件和他们的产品融为一体。如果仔细看，你会发现可以了解照片的很多细节，包括色温、快门速度、光圈设置以及文件大小。

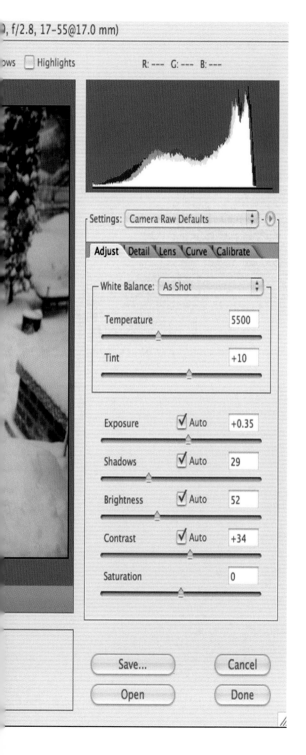

编辑照片的方法

下面我们将讨论可以使照片趋于完美的、最简单的方法。大多数图片应用软件基本上都具备这些功能。

要熟悉这些工具，得运用一种你最近可能非常熟悉的方法：玩。首先，确保你已经把照片拷贝存储到某个地方，这样你就不会错误地覆盖原始文件。然后，乱弄一气：试验。将色相滑块尽量移动；将饱和度调到荒唐的地步；使劲地锐化；将对比度调到安迪·沃霍尔的那种程度；然后，用"撤销"命令取消你所弄乱的一切（有人可能希望如果厨房里也能有这样一个命令该多好啊）。

这是一张萨托尼家的狗马尔登在后门廊的照片。我们会用这张照片进行一系列的操作步骤，教你认识图像编辑软件的工作中有哪些不同和共同之处。在本章的最后，列有一个表格，详细介绍了市场上的软件，你可以根据价格和功能来决定哪一种最适合你。

自动调整

画面的"色调"——暗色调、中间调和亮色调之间的相互关系——影响着照片的清晰度和情感冲击力。这是你能做的、最重要的调整。一张不错的、未经处理的照片经过简单的色调处理后，往往会显得非常出色。

让照片看起来养眼的一条总的经验法则是：阴影区（黑）要真黑，高光区（白）要真白。如果这两部分都不准确，那么画面就会显得平淡或乏味。

大多数应用软件都有"自动调整"功能。软件对高光和阴影进行检查，然后对整体的亮度数值进行调整。一张照片如果在中间调上拥有大部分图像的细节，那么使用自动设置效果会很好，但也可能会导致奇异的色移或使拍摄对象过暗或过亮。如果不起作用，选择"撤销"。

曝 光

曝光分两种不同的类型。第一种是你拍摄照片时所使用的相机曝光设置，第二种是图片程序中的曝光设置。如果你处理的是RAW格式图像，那么曝光设置可以令你回到拍摄的那一刻，改变拍摄时的设置——这是使用RAW格式进行拍摄的一个很大的优势。但是，如果你处理的是JPEG之类的格式文件而不是RAW图像，那么用这种方法来处理，曝光设置就会改变画面的整体亮度，很容易失去很多关键性的细节。处理非RAW文件时，要谨慎使用这种方法。

Exposure

Exposure: 1.50

Offset: 0.0000

Gamma: 1.00

OK

Cancel

Load...

Save...

☑ Preview

对比度和亮度

我们大多数人都非常熟悉对比度和亮度,只要我们调整过电视机。

对比度控制着高光和阴影之间的差别。如果提高对比度,画面上的一切都会被改变,使高光更亮,阴影更暗。亮度控制着所有色调的明亮程度,不管是暗调区域还是高光区域。使用这两个滑块,很容易损失色调细节,而细节是一张好照片不可缺少的要素。所以,对于只需要微调的照片来说,要慎重使用这两个调整。

比如,如果照片的拍摄主体发暗,你想加亮它,你只要移动亮度滑块来加亮即可。但天空中的云彩没了,阴影也不黑了。为什么?因为不仅仅是中间调主体的亮度提高了,而且明亮的天空和阴影区的亮度也提高了。两者的细节就都没了。

以这几张马尔登的照片为例。先不管对比度,大幅度降低亮度,如下图。从整体效果来看,成了一幅阴暗的、灰蒙蒙的照片——一种阴沉的雨天气氛。

如果你将亮度滑块移向另一边(如对页上图),照片就变得很亮,雪的细节开始消失。

看看它身后的小雪堆变得多么亮白，高光部分的细节消失了。

　　下面两张照片突出强调了照片的对比度效果。对比度太强（左图），色彩变得不真实；对比度太弱（右图），照片又变得缺少光泽，周围的环境看起来好像是透过大雾望过去一样，而不是冬日里的那种阴沉光线。

　　再用几张彩色照片试验几次，看看各种色彩的亮度和对比度之间的差别。你可以找到自己喜欢的方案，这有可能成为你的特色。

色 阶

色阶调整是调整阴影、中间调和高光的一种比较准确的方法，你控制着每个具体区域的质量变化。虽然曲线（你在第一章里了解的直方图）通常与这一工具一同使用，看起来挺复杂，但其实很简单。

色阶调整通常有三个滑块，一个曲线，用于显示照片上暗部、中间调和高光的数量。曲线显示出黑色是否真黑，白色（或高光）是否真白。这些你在第一章里已经了解过了。

通常，色阶面板的左侧是暗色调或黑色，右侧是高光或纯白。如果照片上有纯黑色，曲线的左侧应该从色阶面板的最左边开始——如果它与面板的最左端有间隙，那说明照片上没有纯黑色。这同样适用于高光：右侧应该在面板的最右侧结束，如果没有，那照片上没有纯白。

移动滑块的时候，曲线会改变。移动黑色滑块，让暗调更暗，会使曲线移向左侧边缘。移动高光滑块，提高高光亮度，你会发现曲线朝右侧移动。调整中间调滑块，照片变得更加悦目。

电脑要求

如果你要购买电脑或不知道你的电脑是否可装载图片软件，这里有一个指导。所有的图片软件在包装盒或网上都写明了系统要求——购买软件之前，一定要阅读。

处理器速度 （你的电脑"思考"速度有多快？）	**PC** 1GHz推荐 500MHz合格 300MHz最小 **Macintosh** 2GHz 推荐 600GHz合格
内存 （电脑短期存储）	1GB推荐 512MB合格 128MB最小
硬盘 （照片和文件存储的地方）	5+GB推荐 1.5GB合格 1GB最小
显示器和视频卡 "位深度（bit depth）"或"位"指的是电脑显示器能够显示的颜色数目。数目越高，可供选择的色彩越多。	24位以上的色彩显示和视频卡（推荐） 16位色彩显示器和视频卡（合格）
操作系统 （电脑的运行状况）	PC-Windows Vista或Windows XP （Service Pack 2或SP2） Mac OS X 10.4

色彩饱和度

色彩饱和度正如听起来一样——指的是色彩的强度。通常稍稍提高饱和度，效果便会非常明显。提高太大，效果会很怪异。要谨慎使用。

留意下面这张饱和度太高的照片。马尔登乱蓬蓬的、棕褐色的外表显得偏黄。之所以有这个效果，是因为饱和度抽出了它毛皮中金黄的底色。

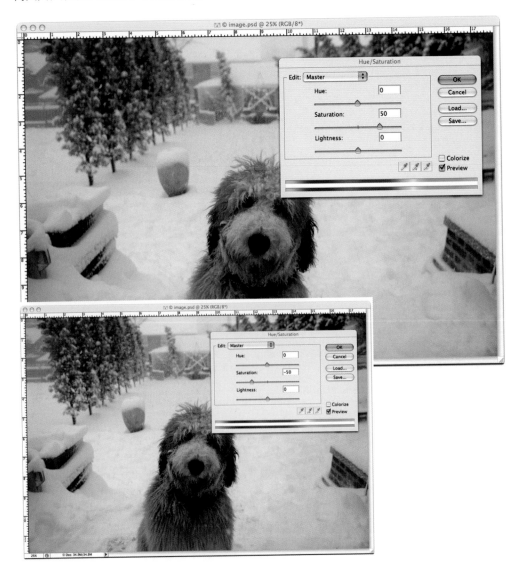

色调

色调功能能决定着色彩浓淡。你可以调出绿黄色，也可以调出红黄色。这一工具对于纠正皮肤色调特别管用，它对照片有着很大的影响。如果皮肤显得偏红、偏橙或偏黄，照片看起来会很怪。尝试调整照片的整体色相，或只调整橙色、红色或黄色，将皮肤色调调整至自然状态。

色彩平衡

这 通常是控制照片青色/红色、品红/绿色、黄色/蓝色混合程度的一种比较精确的方法。有些应用程序可以对具体的色调（如阴影、中间调和高光）进行调整。

　　在你开始调整图像色彩平衡之前，了解一些普遍的原则会很有帮助。首先，阴影通常会显得发蓝，不管是阴天时的阴影还是晴天时高大建筑的阴影。要加以纠正，就得对照片加黄（减蓝）或加红（减青）。其次，有些胶片和数码相机倾向于利用色彩平衡给照片进行部分或整体的色彩还原，这会使图像稍稍偏离本来被视为正确的色彩，这被称为"偏色"。有些相机会拍出稍微偏绿的照片，而有的则会偏红。调整皮肤色调有利于使人的外表达到最佳状态。偏蓝或偏绿的皮肤可以用色彩平衡进行调整，也可以用调整色彩饱和度的方法进行调整。

着 色

照 片中绿色和品红的数量受这一调整装置的控制。尝试大幅度增加或减少这一选项，你可以发现照片上这两种颜色各自的变化效果。然后小幅减少，找到一种看起来真实的色彩组合。

色 温

色温对于照片色彩的影响，反映在光谱上，表现为从蓝到黄的变化。它似乎与人的直觉相反，如色温较低的照片总体上偏黄，有一种温暖的感觉。这对照片可能有利，也可能不利。在较高色温下拍摄的照片偏蓝，感觉完全不一样——往往较冷。如果你看到的日落很暖，但相机拍得却很蓝，这是因为色彩将照片平衡至较冷、较蓝的色温。如果相机有白平衡设定，将其改成晴天设置，这样拍摄日落暖暖的橙色调就会比较准确。同样，将白平衡改成"阴影"设置，会将发蓝的雨天拍得恰如其分。如果你忘记了改变白平衡，一些图像编辑软件带有内置色温滑块，可以进行调整。但是，最好是在拍摄前对相机进行设置。

白 点

白点是一种设置，根据应用程序的不同，它可以通过点击照片的白色或中性灰区域进行设定，或者从色轮或调色板上进行调整。目的在于使白色或中性灰区域显示为纯白或灰，同时应该使照片上的其他色彩也保持正确的显示。白点设置结合了色温和色调对照片进行校正。

转换为黑白照片，调色

将彩色照片转换为黑白照片是一个很有意思的学习过程。有些照片需要色彩才能被看懂，或引人注目。但是，还有一些照片只有通过灰、黑、白的浓淡变化，才能获得更为丰富的意蕴。

对黑白照片进行调色，就是给不同暗度的灰色增加些许色调。棕褐色是一个用来宽泛地说明用红色或棕色给黑白照片调色的常用术语，它源自希腊词汇，意思是"乌贼"。一种取自这种鱼类的色素被加入早期的银基照片（silver-based photograph），以延长照片的寿命。图像编辑软件可选择用预设的按钮或专门的操作来给黑白照片着色，达到你想赋予的色调。你还可以尝试使用前面提到的色彩平衡工具来给照片调色。

马尔登的这张照片是直接转换的。你可能会同意这张照片在颜色上处理得不错，因为马尔登的皮毛在单色场景的衬托下非常醒目。但在黑白色彩下，它显得有些可怜。此外，在这样一个背景下，还有一点儿迷失的感觉。

剪 裁

将 必需的要素拍进照片，不管你是这样拍摄的，还是后期剪裁的，都有助于增强照片的表现力。

这里我们先不管色彩平衡和色调的复杂、难懂，回到照片的成功要素：构图。这完全取决于你的审美取向，不要害怕留下的只是照片的传统形状。比如，你可以只对照片的上下进行剪裁，创作出一幅全景照片。或者，你也可以将照片剪裁成正方形。35mm的画面对你的照片来说，可能不是最好的形状，被其限制住

是没有道理的。横幅（35mm）、方幅（21/4英寸胶片）、小竖幅（4×5）和大画幅（8×10）。使用影像编辑软件可以看到这些不同画幅的效果，并把它运用到你的照片上。这些使你每一张照片都可以选择不同画幅。

剪裁工具使用简单。你可以随意使用。通过一些应用软件，你可以设置统一的比例，这样最终的画面会被剪裁成一定的形状，如8x10照片。在考虑剪裁选择时，一定要阅读第四章中介绍的"常见照片打印尺寸"表格。

锐 化

用一些简单工具对照片进行数码锐化处理，会给照片上的很多细节增色。你把照片拿给朋友们看，常常会令他们赞叹不已。即便是一张清晰的照片，经过少许锐化，往往也会增色不少。

锐化就是对照片的颗粒或噪点进行调整。如果锐化程度太大，你会发现照片开始被破坏，失去平滑的色调。

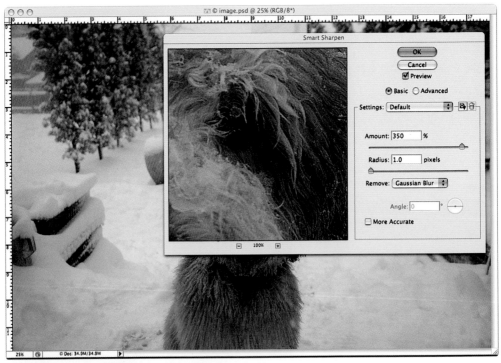

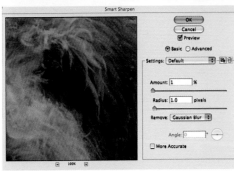

加亮和压暗

对 照片加亮（加亮一个区域）和压暗（变暗一个区域），都是难以掌握和耗费时间的暗室技术。要加亮一个区域，冲印时，你得用东西临时阻隔——或遮挡——到达相纸的光线，这样才能使照片的这个区域比其他区域更亮。要压暗一个区域，你只要让光线充分地照到你想变暗的区域就行了。这在过去常常是少数能吃苦的暗室专家的工作。

与暗调部分相比，我们的眼睛通常会被较亮的部分吸引，这一点最好在拍照和使用调整工具的时候记住。一个普遍的调整方法是加亮人的面部，以展示出更多的特点。但如果做得好，压暗照片中明亮的、干扰主体的部分，也是非常有效的方法。

这里我们选择加亮马尔登的面部，尽量使它从背景中突显出来——基本上达到了一盏小门廊灯从它头顶上俯照的效果。

但是，这个特殊的工具应该谨慎使用。对亮度和对比度稍稍做些调整是改善照片的较为稳妥的途径。

编辑软件

将不同生产商出产的应用软件按照从简单到复杂的顺序排列：

简单：一键快速式地解决常见问题，改进图片。

发烧友级：更为精致和深入地改进图片，操作简单。

高级：操作的技术性更强，对照片的改进更为精确，调整更为复杂，既提供专家级的调整，又提供便捷的版本。

专家级：具备专业摄影师所要求的功能，如高级RAW格式图像的处理。

*同时我们尽量将价格范围用美元标识列出：

50美元以下为$；50～100美元为$$；100美元以上为$$$；200美元以上为$$$$。

Google Picasa 免费/简单—发烧友级

一款顶级的图像编辑软件，使用方便，界面设计精巧。你可以上传照片至TiVo、制作图片库、把一张照片制成图像"块"并用自己的打印机创作出大型海报。但是它的最大卖点在于，可以免费从Google上下载。（Windows）

Apple iPhoto $$/简单——高级

界面雅致、清新、简洁，功能强大。具有大量调整装置，便于打印、制作书籍、发送照片邮件、生成备份。

Corel SnapFire Plus $/简单——发烧友级

SnapFire Plus是以娱乐为主的工具。它适用于不想在技术问题上浪费时间、只想直接得到理想照片的人。你会找到牙齿增白、更改晒后肤色的工具，以及简易编辑功能，如"Quick Fix"和"Photo Doctor"。（Windows）

Corel Paint Shop Pro Photo $$/简单——高级

一款受欢迎的、比较便宜的Photoshop软件的替代品，初学者和专家都可以使用。它一贯以易于使用和功能强大受到欢迎，很多复杂的编辑任务都具有易于使用的界面，同时仍然保证比较精确的调整。（Windows）

Microsoft Digital Image Suite $$/简单——发烧友级

使用熟悉的Windows任务菜单，自动操作编辑功能，这有利于操作的简单化。但如果你处理的照片很多，就会感到很乏味。它具有方便用户进行图像处理的高级工具，其数字图像库便于你对所有的照片和视频进行分类和管理。如果你钟意于Windows的外观和感觉，这是个不错的选择，但是如果你的能力在不断提高，那么还有更好的选择。（Windows）

Adobe Photoshop Elements $$/简单——高级

专业图片编辑应用软件King Kong的初级版。比其他软件复杂，但具有更为精确和成熟的调节装置。在尝试主要程序之前，这是学习Photoshop基本原理的一个好办法。（Macintosh或Windows）

Adobe Lightroom $$$$/高级——专家级

概念上与Apple's Aperture（见下面）相似，Lightroom也是一款分类和加工应用软件，旨在加快摄影师处理大量照片、粗加工以及精确、高级调整过程中的工作流程。（Macintosh或Windows）

Adobe Photoshop $$$$/高级——专家级

具有一些简单的功能，但需要大量知识才能有效使用，且价格不菲。如果你能花费时间学习它的工具，这款软件可提供无可比拟的功能、准确度和灵活性。（Macintosh或Windows）

Apple's Aperture $$$$/高级——专家级

Aperture及其Adobe的对应产品Lightroom属于"工作流应用程序"，针对人群是专业人士和真正的发烧友。Aperture是iPhoto的升级版本，专为编辑和冲洗大量照片而设计，特别是用RAW模式拍摄的照片。同时它需要现代、高端的Apple硬件。（Macintosh）

以上所有软件，都有中文版。或者你可以继续开发目前使用的编辑软件的功能。

一生的记忆在萨托尼家的朋友查尔斯·德弗里斯50岁生日聚会上展开。

第四章
打印、显示与存储照片

DUST STORM APPROACHING
DARROUZETT, TEXAS APRIL 14ᵗʰ 1935.

乔尔·萨托的祖母菲内尔·弥丝展示一幅沙尘暴笼
罩西德克萨斯镇的生动照片。她在这个小镇长大。

打印、显示与存储照片

你 现在可能想不到，但你拍摄的家庭照片会被数代人记住。这样想来，尤其是在拍摄的时候，该拍些什么内容就会十分明了了，该保存什么也一样。

保存工作如同组织工具一样，是一种艺术行为。哪些照片会成为被家庭成员记住的作品，为什么？你是否给这些照片装框？或者你是否把这些照片上传至他人可浏览的网站？数码档案更有用户亲和性吗？你需要一个相册来管理自己的照片吗？冲印的照片比CD更持久吗？

在本章中，我们将讨论管理照片的很多方法，以便于你随心所欲地欣赏照片、保存照片。我们先从专业打印和家用打印机的区别说起，然后再详细探讨展示照片的种种方法，包括自制画册。最后，我们针对编档保存提出一些建议，不管你保存的是数码文件还是印刷品。

打印

传统照片都是用涂有感光银盐的相纸冲印出来的（称之为"银盐印刷"你或许会印象深刻）。不管你是采访名人归来的著名摄影师，还是带着孩子从当地的动物园返回的母亲，你的照片都要用同样的高质量银盐工艺进行冲印。如果操作无误，这些照片的色调会非常漂亮，而且长久不变。

现在在家中自己冲印照片已成为可能。如果你喜欢调整照片，愿意安装打印驱动程序、给打印机装载彩色墨盒、尝试打印，而且能够用各种方式坦然面对较大的挫折，那就尽情地来吧。但是如果想在短时间内冲印出真正高质量的照片，而且价格合理，那还是找专业人士吧：当地或网上的实验室。

与家庭打印相比，摄影实验室具有一定的

新娘斯泰茜·斯旺森在等待婚礼开始前整理她的头发和结婚礼服。我只是利用房间内现有的光线拍摄了这幅照片。

优势。大多数比较大的网上实验室和地方实验室都使用一种融合了新旧摄影流派之精华的打印方法：他们用激光将数码照片打印到传统银基相纸上。这意味着你能便利地享受到用数码相机拍摄出持久而美观的传统照片。这种工艺与大多数家庭打印机相比，只需要较小的图像分辨率，就可以打印出高质量的照片。但很多网上实验室的价格很难杀下来。

在家庭照片打印机出现之初，几乎没有人质疑他们的照片能持续多久。还好当时没有质疑，但是很多照片两年或不到两年就开始褪色和变色。后来由于新技术提高了墨水、相纸和打印机的质量，状况已经改变——但前提是，你在这三个方面的决策是正确的。有很多打印机、相纸和墨水一年后会大幅度褪色，5~10五到十年后，剩下的可能只是相纸而不是相片了。

照片能存放多久尚没有行业标准，所以虽然你可以洗印出"摄影质量"般的照片，但却无法洗印出跟传统感光银盐一样具有持久性的照片。然而，在大多数情况下，档案质量的墨水和纸张在照相馆或其他专业店都能买到。打印你想暂时保存的照片，用这种墨水和纸张是不错的，但是价格都很高。测定打印机、纸张和墨水使用时间有一个很好的网站：www.wilhelm-research.com。

家用打印机

传统的银盐感光照片——不管是用胶片洗印的，还是数码影像洗印的——是衡量家庭打印技术的标准。现在的照片打印机通常能打印出画质与传统银盐感光相似的照片。按理，真正的照片打印机打印出的照片应该与传统照片没什么区别。但是，当"照片"一词用于打印机时，就具有了宽泛性，它当然无法保证与传统印刷品完全相同的质量，可以说最起码能够打印出接近于这种标准的照片的打印机还是比较少的。

打印照片的打印机有三种，喷墨打印机是最常见的。这种打印机运用大量微小的、极为精确的喷嘴，将各种不同颜色的墨水喷到相纸上。喷墨类打印机分为两种：一种是专门为打印照片而设计的喷墨打印机，另一种既可作为通用打印机，又可打印相片般质量的打印效果。一般而言，照片专用打印机的效果比较好，但有些打印机同样适用于日常需要（打印电子邮件、文件等）。

高质量打印机运用更多的喷嘴、更多种类的油墨色彩和技术，智能化地进行涂墨，来获得最好效果，从而打印出更出色的照片。这三个因素有利于打印出更为细腻的色彩和色调，这是接近传统照片的最好方法。

低端型号打印机装有三色墨盒，费用不到100美元。高端型号打印机有6种以上颜色，不同的黑色和灰色影调都有单独的墨盒，可以打印出看起来非常自然的黑白照片——但要留意打印机上的价格标签。也许看起来便宜，但很快你花在墨水上的钱会比打印机的钱多。

除了喷墨打印机外，其他类型的还有热敏打印机和激光打印机。热敏打印机运用的技术与喷墨打印机完全不同，这种打印机用的不是喷嘴，而是含有三种颜色的色带，颜色一层一层敷设在具有特殊涂层的纸上。这一过程几近于模仿传统照片，因为它的确是一个连续的施彩过程。由于最后还有防护涂层，打印效果最终在外观与感觉上都与传统照片非常相像。但是色带必须与照片的尺寸相同，因此相片尺寸通常只限于4英寸x6英寸，但质量一般都非常好。

激光打印机是另一种选择。它通常不是为打印照片设计的，但是其分辨率足以打印照片。如果你用的是专门的激光打印相纸，那么实际上画质跟照片是一样的。然而，与喷墨打印机相比，激光打印机对纸张的要求十分高。

建议不要根据数字来评价打印机——打印头、喷嘴或分辨率。分辨率是一个让人有点困惑和误解的领域。分辨率指的是打印机每英寸能够打印的点数————一般而言，点数越多，打印的效果越好。喷墨打印机纵向的分辨率（页面的纵向）比横向的要高，因此，你会发现，照片打印机的分辨率标为1200x4800点/英寸————横向每英寸1200点，纵向每英寸4800点。新型的喷墨打印机能够通过软件和高级打印技巧用较少的分辨率打印出比较不错的照片，因此最好去看实际的输出结果，自己进行判断。如果可能，带上一些自己的照片去店里试打印。把数字作为参考，来决定用哪些打印机比较试打印的效果。

墨 水

如果一定要遵从生产厂商的建议，那在选购墨水的时候就要按照他们的建议购买。喷墨打印机属于非常精确的工具，其软件和技术的正常发挥完全取决于墨盒是否准确地按照生产商所设计的方式。原配墨盒加上打印机生产商推荐的纸张，能打印出预料之中的、最佳质量的照片。使用高质量墨水也是确保照片不会随着时间的流逝而褪色或变色的最佳办法。

打印尺寸

有人可能会认为，常见的打印尺寸就是相机拍摄的照片尺寸。不是这样。如果你要打印一张35mm的标准照片，就像相机拍摄的那样，那么照片就是8英寸x12英寸，而不是8英寸x10英寸。

如果要将照片打印至8x10英寸的相纸上，你就面临一个选择。你要么在长度或宽度上（无

常见照片打印尺寸

4X6	67%或35mm画幅比例相同
5X7	71%
8X10	80%
16X20	80%
20X30	67%或35mm画幅比例相同

论哪一个是10英寸长）剪裁掉2英寸，要么只能在相纸上将其打印成小于8x10英寸的照片，这样才可以将图像完整地打印在相纸上。所有的打印尺寸都是这样，除了4x6英寸或20x30英寸照片，因为它的比例与35mm画幅比例是相同的（见上页图）。有些摄影实验室现在打印与35mm画幅比例相同的照片，但寻找适合这种照片尺寸的画框或相册很困难。

纸 张

简言之，可以用于喷墨打印机的介质非常多。从光面相纸到仿纤维纸都可以（纤维纸被认为是洗印真正银盐感光照片最好的相纸)。即便有了这一技术，暗室实验仍然还存在，并发展良好。每种打印机都是使用某种特定的纸打印比用其他纸张效果好。通常，最简单的做法是坚持使用为特定品牌打印机生产的纸张，但做些实验也会取得一些很棒的效果。

纸张厚度被称为重量。纸张越厚，重量越重，也就越经久耐用，让人感觉到质量和耐久性。

纸张的亮度或"白色"会影响照片的色彩和色调——较白的纸张更适合表现强烈的对比度和鲜艳色彩。但是"暖调"纸张——颜色有些发黄的纸张——可以赋予照片以丰富的色调。

纸张的表面，不管是光面纸、压光纸、消光纸还是其他类型，都会影响油墨对纸张的反应。光面纸最适合对比度大、色彩丰富的照片。消光纸吸墨较多，外观和感觉独特。压光纸或半消光纸兼具光面纸和消光纸的优点。然

现代彩色打印机具有6、8、10或12种彩色油墨，调色板很大，供打印之用。

而，它们各有所长，使用你最喜欢的即可。

分辨率

分辨率是摄影中被误解和误用最多的词汇。问题在于，这个词以很多种不同方式被使用着，而且往往是不正确的。这在胶片相机时代没什么问题，但数码照片是由很多微小的电子点或像素组成的，像素是不存在于相机或电脑之外的。打印时，像素转变成点。打印照片的机器用的就是数百万的点。

你需要全面了解分辨率吗？不。如果你拥有300万像素以上的相机，就不需要。这个分

鞋盒子和凌乱的抽屉都不是长期存放照片的理想之所。要尽量确定一个存档方法，并持之以恒。

方要把它们打印出来。如果你仍然很好奇或真想跟当地的实验室探讨分辨率的话题，那就继续往下看。

分辨率的定义

分辨率是单幅照片上能够看到的细节程度。"高分辨率"图像具有非常精细的细节，而"低分辨率"图像则没有。如果你坐在车里透过雾蒙蒙的、模糊不清的挡风玻璃朝外看，你看到的就是一张低分辨率的车外景色画面：汽车都是模糊可辨的色块；树木成了现代艺术。打开除雾器，把挡风玻璃擦干净，你就可以看到更多的细节了。一旦玻璃干净了，你看到的就是高分辨率的窗外画面。

理解这一概念的另一种办法，就是分析广告牌。站在数百英尺之外观看，广告牌看起来跟照片似的。但是如果你走近了看——比如从三英尺的距离看——你只会看到大量高尔夫球大小的点。一个14x48英尺的广告牌，其打印分辨率介乎每英寸2~20点。这是因为观看图像的距离越近，我们就越能看到色调的细微层次——因此，每英寸需要的点数越多。相对而言，一本流行杂志印刷的分辨率在每英寸300点。

三种分辨率

在摄影上，你可能会碰到三种分辨率：相机分辨率、图像分辨率和打印分辨率。前两个是电子分辨率，单位是像素。最后一个打印分

辨率足够你在家里或实验室打印大部分照片了。当然，有的打印方法需要较高的图像分辨率。比如，实验室的打印机可能在打印11x14英寸的照片时需要较高的分辨率。如果你要进行商业打印（比如本书中的照片），你也需要较高的图像分辨率。

你真正需要了解的是：对打印照片而言，需要高分辨率；如果在电脑屏幕或电视上展示，低分辨率即可。所以，最好不要把高清晰分辨率文件通过电子邮件发给朋友——除非对

辨率是以打印到物体上为基础的——比如一张纸——单位是点。点可以看做是现实世界的电子像素。

相机分辨率指的是相机在最高质量设置情况下，能够获取的图像像素的总和。这就是百万像素概念的意思。由于像素很多，生产商开始使用"兆"这个词来表示"百万"。所以，一个1兆像素的相机能够获取100万像素，一个4兆像素的相机可以获取400万像素。套用数学概念，这个大小指的是画面总面积（长度×宽度）。一张1兆大小的照片宽为1232像素，高为824像素。相乘后，总数为1015168像素（为了使用方便，数字都进行四舍五入）。

虽然相机的分辨率高是件好事，但光学器件、传感器类型和内部软件对画质有极大的影响。用专业级4兆像素数码相机和顶级镜头拍摄的照片比配有较差的光学器件和传感器的8兆像素相机所拍摄的照片在清晰度、色彩和色调上要更好——就像使用更多的劣质颜料也喷不出好看的墙面一样。

图像分辨率是特定照片上的像素数量。如果你把相机设置为最高质量，它可能与相机分辨率相等。但是，如果没有设置为最高质量，那么像素总数可能会较低。

打印分辨率是打印至页面每英寸的点数，点数越多，意味着图像分辨率越高。每英寸需要打印的点数越多，在指定尺寸上打印的像素

为什么打印出来的照片与电脑屏幕上看到的照片不一样？

为什么我打印不出我在电脑屏幕上所看到的那样的照片？为什么一打印照片就不一样了？

如果你在电脑屏幕上看照片，屏幕显示照片所使用的像素少于100像素／英寸。为什么这么少？因为在指定的区域，色彩和色调远远超出了哪怕最昂贵的打印机的打印能力。这意味着细微的细节用较小的分辨率或较少的像素就可以表现出来。

此外，显示器使用的技术与打印机使用的技术有着很大的不同。由于软件的升级，两者之间的转换已有了很大提高，但不要期待你的打印机能完美地复制出你在屏幕上所看到的一切。

显示器也可能无法准确还原色彩。要进行校准，你需要用读取显示器色彩的仪器和解析软件对其进行校准。但是，如果你使用的显示器不到3年或者比较新，那可能会稍微好一些。

就越高。

也许你的打印机需要200像素／英寸才能正确打印照片。为什么？它有一个最小值，就如同你刷墙需要最小数量的涂料一样。每英寸像素少了，照片就会看起来不连贯和"像素化"。但是每英寸的像素越多，并不会使图像效果更好。幸运的是，现代打印机能够打印任何尺寸的文件，并且会自动将其转换成最佳打印分辨率。还有，打印机的分辨率（购买时贴在包装盒上的数字，不是打印机分辨率）不等于图像分辨率。

举个例子，假设你有一台3兆像素的相机，或者画面长方形的总像素为300万——那就是宽为2128像素，高为1416像素。

了解你用200像素／英寸的打印机能够打印出的最大照片，你就可以推算出照片的宽度为多少（2128像素除以200像素／英寸＝10.64英寸）、高度为多少（1416像素除以200像素／英寸＝7.08英寸）。你可使其更大，但图像细节会下降。

你需要多大的分辨率？

在大多数专业实验室打印，你不需要太大的分辨率。一张高质量8×10英寸照片，柯达的最低要求是130万像素。一张20×30英寸照片，则需要220万像素。他们会迅速而正确地指出这是图像分辨率，而不是相机分辨率。

要记住——300万像素的相机可以把质量指标设置得较低，也就是说，它可以拍摄

这张照片像素化了，原因是它经过了剪裁，然后被放大，而放大后的尺寸是原文件尺寸所无法满足的。

出只有100万像素大小的文件（你的相机上有这一设置，可压缩文件尺寸，使其足以满足网络需要，而不是照片打印）。把100万像素的照片变成200万像素的唯一办法，就是扩展像素。扩展像素的风险是照片颗粒化，质量下降。

总之，如果你觉得你要为家人和朋友打印很多8×10英寸照片，那就使用至少600万像素的相机。这一文件大小能在8×10英寸的打印尺寸下打印出不错的照片。用于照片打印，就把文件尺寸质量设置在"高"上，用于电子邮件JPEG附件，就设置成"低"。记住要不定期地进行检查，看看相机设置是否处于你拍摄时想要的设置上。图像分辨率不同于相机分辨率，不同之处只有在照片上才能看得出来。

展示作品

记录历史，照片是必不可少的。很少有家庭用书写来记录历史。能随着时间传承下去的，始终是照片。拍摄和保存照片的时候要牢记这一点。放入相册的时光既是一种表现自己创造力的有趣方式，又是家庭的一种重要而私密的遗产。在家庭记忆上花费时间和金钱，是你力所能及的、最具回报价值和最令人愉快的事情之一。

首先，忘掉你对传统相册的理解。你了解传统相册，它只是装满了4x6英寸的照片，有绿色人造革制作的丑陋封面。你不得不坐下来（呵欠）看完（呵欠）朋友在聚会和旅途中拍摄的照片。你拍摄的照片的命运应该更好。

相册要做得有趣，关键在于要像图片编辑那样来制作。你需要把相册作为一个整体来考虑，以有意思的方式来安排照片。你可以从图书馆和书店的画册中获得大量灵感，你会发现专业人士是如何做的。

与写书一样，画册也谋求读者的参与。当然，做法无一定之规，但却有一些相对来说有效的方法。有些画册版面设计非常简单，照片周围留有大量空间（被称为空白或负空间），摄影师撰写图片说明与照片配合。另一个极端是画册跟视觉日记极为相似，充斥着照片、剪贴物、绘画、笔记以及其他适合的东西。有些画册介于两者之间，一页放一张满页的大照片，而下一页放的是一些小照片。

尝试在你的画册里把黑白照片和彩色照片混在一起，使用各种不同的大小和方向（横幅和竖幅照片）。画册的关键还在于对作品的编辑，一页上每张照片的立意不能重复。一张照片本身就可以抓人眼球，不需要你拍摄其他相似的照片。挑选出最佳作品，使它具有强烈的效果。

照片尺寸（英寸）	推荐最低分辨率（像素）	每英寸点数
4x6	930x620	155 dpi
5x7	1008x720	144 dpi
8x10	1280x1024	128 dpi
16x20	1500x1200	75 dpi
20x30	1800x1200	60 dpi

乔尔：（前页图）我儿子科尔破坏了一个完美的黄昏。那时他8个月大，而我在犹他州为《国家地理》杂志拍摄一个故事。至少我从这件事中拍到了一张照片。

手工画册资源和信息

根据"书艺"这一涵盖性术语，书籍制作工艺囊括了初学者指南、为了留存往日时光而保存和制作书籍的技艺和学问。

www.colophotobookarts.com
www.plickityplunk.com
www.philobiblon.com
www.paper-source.com
www.neverbook.com
www.centerforbookarts.org

《编辑手册》（*The Bookmaking Kit*）安·莫里斯、彼得·里纳塞尔 著

《封面到封面：制作精美书籍、期刊与相册的创意技术》（*Cover to Cover: Creative Techniques for Making Beautiful Books*）舍琳·拉普兰茨 著

《书籍制作：手工书籍、相册、期刊与日记》（*Bookworks: Books, Memory and Photo Albums, Journals, and Diaries Made by Hand*）苏·多格特 著

《手工书籍与相册》（*Handmade Books & Albums*）玛利·瑞斯特 著

《手工书籍制作》（*Creating Handmade Books*）阿里萨·格登 著

《潘兰手工书籍手册：书籍制作技巧大师课堂》（*The Panland Book of Handmade Books: Master Classes in Bookmaking Technique*）拉克 著

《手工书籍》（*The Handmade Book*）安哥拉·吉姆斯 著

当然，一旦你尝试了这些基本做法，就该打破常规。一些最受推崇的艺术作品既遵守常规，又完全突破。你的相册应该也是这样的一种学习历程。如果你有一系列有趣的连续画面——比如孩子在发脾气（虽然当时并不有趣）——可以尝试把整个系列画面做成小型钱包大小的照片，然后将它们像电影一样排满一整页。不管你想出什么点子，都要实现起来很有意思，而且回忆起来也会充满乐趣。

电脑制作画册

利用很多网上实验室和照片应用软件，可以在电脑上创作相册。它们使用专门设计的简单模板，使制作相册如用鼠标拖放文件般简单，而且价格往往不比一个空相册的成本高多少。如果可能，找一个使用防酸纸档案的实验室。

手工画册

如果给制作手工画册找个理由的话，那就是它不需要电脑。如今，很多工作都用电子技术，以至我们忘记了手工制作的东西是多么有个性，多么受欢迎。你的创作所具备的独特性是独一无二的。

制作画册，你想简单就简单，想便宜就便宜，想复杂就复杂，想昂贵就昂贵。封面可以用旧盒子来做，装订可以用风筝线做。或者你可以找来精致的手工纸、布料和皮革。不需要使用电脑，唯一的"最低系统要求"就是你的十个手指和开心玩乐的愿望。

相框是照片防尘、防刮的好办法。还要确保你选择的玻璃能保护照片不受阳光直射，否则照片颜色会随着时间而消退。

可以购买成套工具，里面有各种你需要的东西与书籍，提供详细指导和所需材料的清单。

另一个创意就是制作画册，并让孩子参与其中。网上有一个非常好的资源，就是苏珊·卡普辛斯基·格罗德（Susan Kapuscinski Gaylord）的网站：www.makingbooks.com。该网站名叫"和孩子一起做画册"，是格罗德创办的，她是一位母亲，还是教育家和艺术家。她刚开始是把画册作为自己的艺术品，不久就着手和孩子一起来做。目前，她正为学校、图书馆以及家庭授课，讲授如何和孩子一起制作画册。

苏珊相信，画册可以使孩子们在文字、照片和图画上标新立异，因为所有的一切都是他们亲自动手做的。作为母亲，她了解孩子成长的这个充满媒体的世界，知道制作画册如何使他们的生活变得与众不同，并深知如何培养孩子们独特的技能。她目睹过孩子们在有了制作画册的主意时，是如何应对困难、解决问题的，以及这个主意会如何激发他们的创造力和热情。给孩子的画册拍摄照片还会激发你去观

乔尔·萨托尼家的很多照片都放进像框里展示。还有很多照片放进相册和剪贴簿里，收藏在橱柜内。

察自己通常没有注意的东西。在他们的世界里哪些东西重要？他们如何看待？

还有一些手艺人制作的画册，可以将你自己的照片加进去。他们的手艺、对细节的讲究以及对材质的了解，可以令你完美地展示家庭记忆（你的摄影技术就更不用说了）。

装 框

相框是保持照片完整无损的不错选择，原因在于：它能为照片防尘。放置相框的房间通常在温度和湿度上都让人感到非常舒适，这对照片也有利，你可以天天欣赏照片。

因为大多数有孩子的家庭东西都挺多，所以挑选简单而整洁的照片挂在墙上是个不错的想法。要选择具有大面积空白、拍摄主体干净整洁的照片。黑白照片装框比较流行，因为它适合这种方法。

我建议不要把照片永久装入像框中。如果一旦要把照片取出来，可能导致两方面问题：一是图框材料不适于保存档案（无酸），或装框表面不知何故受损影响相片质量。

要寻找使用UV涂层材料覆盖照片的相框（工业上叫做上光）。紫外线是使照片褪色的主要原因。

如果你很想长久保存照片，又要给它装框，可以考虑找专营照片保存相框的装配商。他们使用的是专为摄影图片制作的专用档案保存材料。他们的服务收费很高，但可以保证照片能永久保存。

保 存

大多数数码照片最终都是保存在CD或DVD上，对其进行保管是直截了当的，但重要的是一定要遵循一些基本步骤，以确保长久保存。

DVD和CD被称为"光介质"，不是因为你可以把照片存储其中，而是因为硬件读取光碟的方式。激光瞄准光碟，电脑读取反射回来的内容。因此，很重要的是不仅仅要保持光碟的下面——数字面——洁净和免受划伤，而且要保护光碟的上面受到任何损害而导致的无法读取。

建议不要使用一些非常常见的光碟标记方法。标准的永久性记号笔可能会导致DVD的上反射面逐渐退化。大家也都知道，黏合剂，不管是标准标签还是光盘专用标签，都会腐蚀光盘的上表面。那你用什么呢？专门为此而制作的专用CD/DVD记号笔，它不含对光盘有害的溶剂或其他成分。一个比较好的办法是，不要在光盘上写记号，而是写在包装盒外面或写在盒内的纸条上。

光盘保存的地点和方式可能是影响其寿命的最重要因素。要垂直（而不是平放）保存在包装盒里，置于凉爽、干燥、避光、空气清洁的地方（潮湿的地下室或炎热的阁楼不适合）。流行的光盘册和光碟封套可能让人感觉适合用于短期保存，但是这些产品上使用的塑料和墨水对光盘不利。同时，它们不利于光盘四周的空气自由流动。光盘册不可避免地会倒躺着，常常有其他东西堆积在其上。时间长了，这些东西会导致光盘变形，使其作废。

用硬盘保存

将作品保存在电脑硬盘或外接硬盘是保存手头大量照片的一种快捷方法，但绝不是可靠的保存方法。

硬盘崩溃往往没有预兆，一旦崩溃要想导出信息会非常困难、非常昂贵。因此，最好在

相册、日志和剪贴簿

www.priscillafoster.com
www.eidolons.org
www.galleriamia.net
www.gracialouise.com
www.dreamingmind.com
www.alisonarts.com
www.k-studio.com
www.chroniclebooks.com
www.kolo.com
www.amanobooks.com
www.soleberry.com
www.bookjournals.com

CD或DVD、或者你打算用作存档/存储空间的另一块硬盘上给照片留一个拷贝。目的在于保存至少两份拷贝，如果一个系统崩溃或受损，你会有一个备份。

外接档案文件硬盘（用USB连接）应该只有在使用的时候连接才并插到电源上。不用的时候不要插到电源上，以最大程度地减少电流损害硬盘的可能性。如果硬盘不用，将它保存在和照片一样的环境：凉爽、干燥、空气洁净的地方。最好把它放在盒子里（原装包装盒就很好），以免落上灰尘。

另一个办法是网上保存。你将照片发出或上传后，很多公司会为你存储。这是个好主意，原因很多：你很容易找到自己的照片；不需要购买任何设备；如果原版照片存储的地方发生意外，存在网上的会安然无恙。

最后，关于数码档案保存，我们要告诉你的最重要的一条建议是，把一切都做成双份拷贝——CD+硬盘，或者照片+CD，或者两个硬盘。这样，如果一种存储方案失败，你在另一个地方还可以找到自己的照片。一个文件损坏就意味着失去一张照片。

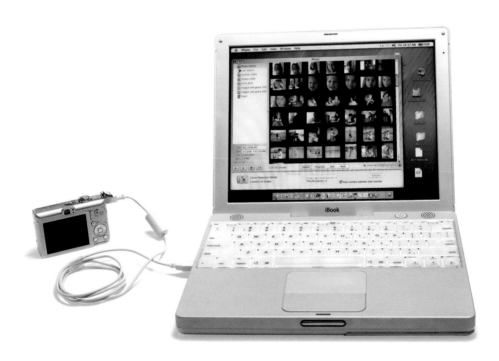

电子存档就如同按下按钮将照片从相机导入电脑一样简单。要先设计出一个分类系统，否则以后找照片会很困难。

打印照片 未雨绸缪

在电子媒介上对数码照片进行存档的一个问题在于，数据存储技术——不管是光学、硬盘还是其他方法——都在不断的变化之中。人人都在猜测，这些存储方法能持续多久。它当然跟将底片保存在文件柜里不一样（乔尔把胶片照片用Tyvek档案塑料纸包好，存在档案盒里）。这种技术感觉可能过时了，但在这个数码时代，其简单性和方便性令人羡慕不已。

同时，在20年里，现代技术能便捷地读取硬盘、DVD或CD的可能性非常小。根据相机和相机手机技术年复一年的快速发展，你必须了解这一点。这就是为什么打印照片、制作相册和画册是一个好主意。阅读相册不需要任何技术，只要保存适当，就可以长久保存。

适当保存涉及到三个因素：低温、防尘、空气流通。将照片保存在闷热、潮湿、窗户紧闭的阁楼内的鞋盒子里决不是一个好方法。尽量挑一个可以监控、易于进出的地方。你不必像拥有空调室内的照片档案馆和处于温度控制室的高成本服务器那样讲究高科技，但如果你想将照片保存到下一代，你的确需要非常勤奋。

阅读本章你可能猜到了，不存在一个固定解决方案，但我们希望我们提供的数种选择，能有助于你制定行动计划。我们将这份档案与你分享的最大原因在于：这是我们努力创建的，我们也会保管好它。

网上图片实验室

网上的照片实验室大多都是使用传统的银基相纸打印胶片或数字图像。照片是用高科技工艺进行冲洗的，并使用激光将影像记录到传统相纸上。这种方法适合存档，它对分辨率的要求比喷墨打印机要低。这意味着照片更好看，更大。很多服务社还提供照片保存——有些是免费的，有些是收费的。这是一个备份作品的简便方法。

www.kodakgallery.com

www.mpix.com

www.snapfish.com

www.ezprints.com

www.smugmug.com

www.shutterfly.com

www.photoworks.com

www.imagestation.com

www.fototime.com

www.dotphoto.com

www.pictures.aol.com

www.photos.walmart.com

www.phanfare.com

乔尔·萨托尼 一点点逼近玻利维亚马迪迪国家公园里的一只小凯门鳄。

第五章
选择设备

这个画家的脚手架用缆绳固定在树上，正好为玻利维亚亚马逊内的拍摄者提供了一个很好的平台，虽然摇摆不定，但是可以俯瞰丛林。

选择设备

相机是一个工具——一个用于记录家庭生活大小瞬间的工具。就任何一种工具而言，学会如何熟练地使用它是充分发挥其作用的最好方法。

记住：相机是用来为你工作的，你是老板。专业摄影师最不愿听到的一句话就是："哇！你用这个相机肯定能拍出好照片。"事实上不是这样。相机不会拍出好照片——你会。

发现能力——或者更准确地说是视觉素养能力——是拍摄好照片的关键。由于拍摄照片涉及到一些技术细节，所以人们往往认为，相机发挥着更大的作用，实际上不是这样。虽然任何讲解设备的章节都必须解决技术细节问题，但是人的因素无论怎样强调都不为过。

你可能用着世界上最昂贵、最高级的相机，我们可以告诉你从相机中寻找什么，但你必须拿出更多的时间学习从照片中寻找。

如何选择

关于相机，首先要考虑的——从现实的角度来说——是你打算如何使用它，你期待自己的照片有多少技术含量。如果你不想扛着一个大相机四处拍摄，那你或许应该购买能放在兜里或包里的小相机。但是，如果你不介意携带大相机，并且觉得自己可能对一些更为高级的功能感兴趣，那么你从一开始选购就应该越过初级的傻瓜相机。

接下来要做的就是看看相机的手感如何，更重要的是，你能否打开相机。按钮是否直观？是否太小，难以辨认？严格地说，你和你的相机应该相互都合适。如果不是这样，你要么不拍照，要么会在摸索开关的时候失去拍摄时机。试用几个不同的型号——有些明显比其他型号使用更方便。

一个牛仔高兴地在他的南得克萨斯州的牧场里拍照。就在20世纪50年代，演员约翰·韦恩在这里拍摄了电影《边城英烈传》（*The Alamo*）。

何处购买

相机多，购买的地方更多。一个实践经验是：购买你知道的牌子。如果该公司还生产高端设备，那么十有八九，他们的低档型号质量也错不了，并且使用方便。

相机零售商和旧汽车商人如出一辙，因为他们都有着同样的坏名声。浏览任何一本大照片杂志，你会发现一页一页低价销售相机和相机设备的广告。但是在很多情况下，你可能会发现，这些人的道德和相机价钱一样低。在向你不认识的零售商购买之前，在网上搜索一下。如果能找到当地专业人士使用的相机店就更好了。可能他们也会出售非专业相机，但是不要害怕，爱好者通常都是他们的面包和黄油，因此你会在这种店里很受欢迎。

并非越多越好

虽然大型、高价的设备会使你有专业摄影师的架势，但这不一定会使你成为好摄影师。事实上，如果相机对你来说拿起来太重，那可能就是如此；如果看起来太复杂，不好掌握，那可能也就是如此，导致最终的结果是：照片减少。

如果你不带上它，那么世界上最好的相机对你来说也没什么用。购买相机的第一和第二条准则很简单：不要太大，不要太昂贵。如果你能将其装进口袋，或不费力气地装入包里，这样最好，可以随身携带。用省下的钱，你可以再买一个在家里用。

专业人士使用昂贵的相机，从根本上说有一个原因：它们可靠。当摄影师赖以为生的保障取决于性能完美的相机时——当你与拍摄对象只有一次机会时——相机最好完美无缺。与较便宜的相机相比，这种相机往往更能经得起失败。

傻瓜相机

傻瓜相机一贯性能不佳。以前镜头不好，造价低廉，无法通过取景器取景——更别说非常糟糕的画质了。但这一切都已经发生了改变。比较不错的傻瓜相机现在已经具备了装有高级电子组件的高质量镜头和机身。

这种相机更方便携带，但为了方便，也确实牺牲了一些功能。比如，你找不到太多具有手动曝光模式或手动对焦的傻瓜相机——这是你成为更内行的摄影师可能需要的。还有，这种相机的取景器偏小，所以，使用背后的液晶显示器会比较实用。很多傻瓜相机都可以被称为"测距仪"，也就是说取景器提供了镜头所看到的大致内容——实际上你不是通过镜头在看，这跟使用单反相机不一样。不同傻瓜相机取景器的质量不同，要准确地看到你所拍摄的内容并不是一件容易的事。但是，如果不可能携带比较大的相机，这种相机就是不错的选择。

现在有些专业人士在执行任务的时候使用高端傻瓜相机，当他们需要谨小慎微、不被发现时，就像拍摄纪录片时一样。

单镜头反光相机

单反相机总是拍摄一流照片的最佳选择。它们具有更大的灵活性，有可更换镜头和一系列可选配件。影响单反相机尺寸的一个原因，在于它的反光镜和棱镜系统，就是它可以使你能够利用相机的取景器通过镜头进行观察，这意味着你所看的正是镜头看到的。这对拍摄照片很有利，但对行动却不利。这种相机的感应器通常比傻瓜相机的要大，所以总体画质更好。与体积较小的傻瓜相机相比，这种相机更容易长时间把持，其控制装置使用起来更快捷、更容易。在单反相机中，还分为数码单反相机和小部分固定镜头单反相机（没有可更换镜头）。

电子取景器相机

新技术已经使单反相机的体积变得更小。电子取景器相机将傻瓜相机的方便性与单反相机较为复杂的装置合二为一。有了电子取景器，你可以像使用单反相机一样，通过取景器进行观察。但是，你从取景器看到的是镜头所看到的内容的电子呈现——因为它没有标准单反相机的反光镜、棱镜。虽然它尚不完美，但这意味着你可以用一个较小而轻便的包随身携带一款具有单反相机功能的相机（但没有可更换镜头）。

胶片也仍然有用

虽然数码摄影日渐流行，但不要完全抛弃胶片。胶片相机极其简单，可以使用低廉的、随处可以买到的电池，胶片也很容易找人冲洗。大多数尺寸的照片都可以用35mm胶片拍摄，无需担心分辨率的问题。虽然数码的快捷性很有意思，但它也会形成干扰。你可能花在观看相机后背的时间比拍摄照片的时间都多。如果你有胶片相机，就暂时使用它吧。大多数世界顶级的照片都是用胶片拍摄出来的。

尝 试

在你做出选择之前，可尝试用最实惠的"相机"做一个试验：一个取景器。没错，索引卡。在卡的中心裁出一个长方形的小窟窿，大概1.5英寸宽，1英寸高。哦，瞧，你有了一个完美的"训练相机"。

现在，用它来观察。把狗狗框进来，或者鱼，或者乱糟糟的餐桌。这个方法的意义在于放慢速度，真正去思考在"取景器"中所看到的内容。我们的意思是要慢下来，慢、慢、慢。不要期望在把相机举到眼前的数秒钟内就能发现你需要的一切。四处看看，背景里有什么？前景呢？画框的边缘呢？拍摄对象处于中心吗？应该这样吗？如果把相机竖起来，是否会更好？放低位置如何？站高点呢？模拟拍摄一朵花或孩子的手，背景干净还是混乱？不把它放在中心位置好吗？可以走近吗？还是离远一点儿更好？

乔尔的选择

我青睐的相机是尼康D3，外加一个17-35mm f/2.8的镜头。这是尼康的极品机身，我工作用的就是它。正因为如此，我对它非常了解，它几乎是我身体的一部分。此处我还会带一个闪光灯作为应急光源。有了"快速"镜头——即光圈f/2.8的镜头——在光线昏暗的情况下，我可以不用三脚架进行拍摄。在空间有限的情况下，变焦镜头赋予我一定的灵活性。

我使用极品相机和镜头是因为我了解它们，而不是因为需要拥有最好的设备。用低价位的设备取而代之非常容易。还有，我习惯把这款相机背在肩上，但它比任何傻瓜相机都重。大多数单反相机和很多傻瓜相机都有自动优先模式（快门优先或光圈优先）。虽然你可能买不起f/2.8的镜头，但f/4~f/5.6的镜头通常不是太昂贵，体积也比较小。你只需要提高ISO设定，就可确保快门速度不会太慢。

那些相机发烧友会说："图像保真度永远无止境！""这只镜头在Modern Techie Camera Review Journal杂志只得了6.724分！"不去管它。要学会解决视觉问题，而不是技术问题。一个具有良好视觉的人用低级相机也能拍出好照片。反过来就不一定了。

在罗灵丘岭野生动物园，一只面罩变色龙（高冠变色龙）在镜头前留影。

基本功能

索引卡相机（index-card camera）不需要闪光指示灯、信号音和充电电池。虽然在技术方面它可能有些不足，但你必须把精力集中于所看到的内容上，这才是非常重要的。闪光指示灯、信号音和电池迟早会有的。

这里主要的经验是，拍摄照片的是你，而不是你的相机。相机之于摄影师，犹如钢笔之于作家，乐器之于音乐家。它只是个工具，用它来创作出内容才是重要的。

这里列出一些相机功能，从通常必须的到比较高级的，所有这些在傻瓜相机或单反相机上都可找到。

显示屏或取景器

有些傻瓜相机具有液晶显示器和传统取景器。有什么区别呢？用显示器观看时，你并非是直接看到你所拍摄的东西。然而，用取景器你就必须聚精会神——就像奇特的索引卡相机一样。显示屏会消耗大量的电池，所以必须携带备用电池。

定焦镜头或变焦镜头

镜头分为两种。定焦镜头的焦距是一定的，通常大约在35mm～50mm之间（或者与相机传感器的大小相当），跟人的自然视觉差不多。变焦镜头就像数个镜头组合在一起，你可以调整镜头视角的开（减少数值）收（提高数值）程度。

但也可以靠双脚来调整镜头。这也就是说，你可以仅仅通过走近拍摄对象来把定焦镜头"推"上去，或退离拍摄对象来把镜头拉开。事实上，使用定焦镜头可以使一切变得简单，有助于你学习观察，而不是通过变焦镜头提供的、几乎无尽的选择使一切变得复杂。定焦镜头使用起来更快捷，体积较小，重量较轻。

关于变焦镜头，要注意两点。首先，有一个讨厌的东西叫做"数码变焦"，也叫剪裁。数码变焦不是像"光学（镜头）变焦"那样用透镜放大拍摄对象，相反，它只是对原画面进行了剪裁，从而形成放大效果。虽然方便，但它会降低图像分辨率或像素总数，使画质下

孩子们在内布拉斯加州阿莱恩斯附近的汽车艺术保留地。

降。如果可能，最好是走近拍摄对象。

其次，拍摄照片时，变焦镜头比定焦镜头需要更多的光线，更容易产生相机抖动，造成照片模糊。如果可以选择，大多数专业人士总会选择单镜头，而不是质量欠佳的变焦镜头。

变焦镜头的有利之处在于，在拍摄方式上会给你提供更多的选择。使用较长的镜头有利于放大拍摄对象，减少不好看的背景。缩短镜头可以获得广角画面，使小空间显得更大或展示人群周围更多的内容。但是，如果你只有很短的拍摄时间，摆弄变焦镜头可能意味着失去拍摄时机。

JPEG，RAW或TIFF文件保存

JPEG格式是大多数相机保存图像文件的标准方法。要尽量避免采用某些品牌相机默认的照片格式——也就是说，相机不会自动将图像存为JPEG格式——否则，共享照片会很困难（见184页的图表）。JPEG格式是通用格式。RAW文件意味着相机将你的照片数据不加处理地进行保存，这相当于古老的暗室冲洗照片过程的数字化，它使你拥有完全的创作自由，但这会占据相机存储卡和电脑硬盘更多的空间。此外要求图像处理软件能够处理相机的特定RAW文件，电脑也要具备足够快的速度满足这种要求。TIFF文件格式是一种高质量保存图像的方法，但比JPEG和RAW文件要大得多。

存储卡

数码相机将图像保存于某种存储卡。有些生产商使用自己的专用卡（特别是索尼，使用自己的"记忆棒"）。三种最为流行的存储卡是CF卡、SD卡和多媒体卡。它们相互之间没有什么优势可言，因为其作用都差不多。但是，选择使用通用卡的相机是一个不错主意，因为你可以很容易地找到存储卡，而且价格比较低。

自动对焦和手动对焦

自动对焦是大多数相机的普遍功能。有些较新的相机具有"人脸检测"系统，会努力对画面中的脸部聚焦，也会自动设定曝光，因此曝光准确。

手动曝光实际上是少数傻瓜相机和所有单反相机所具备的一大特色。它的好处在于，你可以创造性地对不处于画面中间的拍摄对象进行聚焦——很多自动对焦系统都是缺省聚焦。

消除红眼

当光线较低时，人的瞳孔张开比较大，相机的闪光灯闪光很快，瞳孔来不及收缩就会产生红眼。闪光灯的光线完全从视网膜上反射回来，导致红色反光。拍摄时避免红眼有两种方法：可以使用闪光灯的多重闪光，使拍摄对象的瞳孔收缩；或者相机内部的软件可以检测到红眼，并加以消除。图像编辑软件也都有消除红眼的方法。

在华盛顿特区林肯纪念馆中，使用闪光灯是徒劳的，空间太大。
最好是提高相机的ISO，使用慢速快门。

USB接口、火线接口或无线连接

将照片导入电脑或实验室有几种方法，但最简单的方法通常是直接将相机连接到电脑。大多数相机都有USB、火线接口或无线连接。你也可以有选择地购买一种读卡器，将相机的记忆卡插到读卡器里。这就避免了必须使用相机电池电量来下载照片。

像素尺寸

一般而言，相机的起始像素大约为300万或400万，大多数情况下足够使用。像素越高，你可剪裁的图像分辨率越多，但同时也意味着拍摄和存储照片所需的空间越大。

多种ISO速度

相机传感器对光线的灵敏度被称为ISO速度——相当于胶片速度的数字化。ISO速度越高，拍摄照片时需要的光线越少。不同的相机具有不同的ISO速度等级——调高速度，可以在较昏暗的光线下进行拍摄而无需使用闪光灯。这是相机上需要注意的一个有用装置，不管其价位如何，要寻找100到至少400以上ISO速度的相机。

不同的自动曝光模式

不同的曝光模式可用作简单的、有标识的曝光补偿。常见的设定与不同种类的照片名称一样，每种曝光模式都有预设。比如，如果你拍摄景色，想获得足够大的景深——设

每个相机生产商都有自己的**RAW**图像文件类型，下面是一个总结。

富士：.raf

佳能：.crw；cr2

柯达：.kdc；.dcr

美能达：.mrw

尼康：.nef

奥林巴斯：.orf

宾得：.ptx；.pef

索尼：.arw；.srf

适马：.x3f

在"山岳"或"风光"模式上，相机会设置较大的光圈数值，以确保足够的景深。或者设在"雪景"模式上，相机会自动增加曝光（增亮画面），因为雪反射大量的光线。"肖像模式"因使用光圈值较小，会减少景深，虚化背景，同时针对画面中心进行曝光设定——人的头部最有可能处于这个位置。

功能进阶

是下一步进阶。如果你对摄影爱好很重视，购买相机的时候要注意以下几个方面。

宽高比

传统35mm照片宽高比是3:2，即你的画面可以打印成3x2英寸或者6x4英寸的照片。很多傻瓜相机的宽高比为3:2或4:3——即典型的电视或电脑显示器的尺寸。这有利于比较方的照片，而不是传统的35mm照片。

传感器尺寸

根据一般原则，相机的传感器越大，照片的画质就越好。单反相机的优势在于，它通常拥有比傻瓜相机更大的传感器，因此拍摄照片的画质更好。但是你注意到照片的区别吗？如果你拿低端傻瓜相机与单反相机相比较，你可能就会发现它们的区别。但如果使用中端以上的傻瓜相机，那么画质的区别就可以忽略不计。记住：用不完美的相机拍摄到照片，比因为没有带相机而什么都没拍到要强得多。

游客在佛罗里达州迈阿密的南海滩地区拍摄照片。

直接输出到打印机打印

这种技术有数种叫法，在没有电脑的情况下，相机可以直接连接到打印机打印照片。如果你觉得自己需要在家里打印照片，无需编辑，可以寻求这种功能。

曝光补偿

使用自动曝光模式时，曝光补偿会调整曝光，否则相机难以正确曝光。

相机上自动曝光功能各有不同，但基本原则是一样的：它们都将拍摄对象视为平均色和平均亮度——一种被称为"中性灰"的颜色。如果你拍摄的物体比中性灰暗——比如你的黑猫——你需要对相机进行设置，你可以通过减少曝光补偿来拍摄，这样它就不会因曝光的改变而将黑猫拍得发灰。另一方面，如果你在明亮的、白雪皑皑的山上给朋友拍照，你需要增加曝光，因为整个场景比中性灰亮。

光圈/快门优先曝光模式

尽管相机上有很多自动设置，但事实上，只有两个设置可调整：光圈和快门速度。

摄影需要光线——而且是适当的光量。有些相机纳入光线的方法不同，但基本原理总是相同的。首先是快门速度，或叫快门保持开启的时间长度；其次是光圈，或叫快门开启的直径。通过调整这两个设置，可以影响照片的效果。

因为快门和光圈决定着到达传感器的光量，所以，二者都可以影响画面的亮度。

但是，光圈还可以影响景深。很大的光圈（专业人士称之为"shooting wide open"）会限制景深，虚化靠近相机和远离相机的物体。小光圈（或高光圈值）能获得大景深，即前景和背景中的一切都处于焦点之中。

选择快门或光圈优先，意味着由你来设定快门速度或光圈，相机则做出另一个设置。为什么要这样？比如，你要拍摄孩子的手，不想对焦到挽起的袖子上，设定小光圈值f/4，你会将前景和背景虚化——只有双手清楚。如果你使用大光圈值，比如f/16，那么他的手和袖子大部分都会处于焦点之中，这可能不会是一张好照片。如果你想凝固洒水车旁玩耍的孩子的动作，可使用高快门速度，至少在1/500秒，你将相机设在快门优先模式上，相机会设定恰当的光圈，拍摄出曝光正确的照片。

手动曝光模式

选择光圈和快门速度是比较高级的拍摄方法，一旦你理解了二者的相互关系，会非常有利。但是，在有些相机上，要改变这些设置既麻烦又缓慢。如果你觉得自己需要一个具有全手动模式的相机，购买之前一定要在商店里试好了。

选择对焦点

大多数相机假定你会把焦点对在画面的中心，因为这是放置拍摄对象最常见的位置，同时这也不太具有创意。如果能够选择对焦点，你就可以选择把拍摄对象放在中心之外的地方，增加了进行创造性构图的可能。很多相机还具备"焦点锁定"设置，你可以半按下快门，相机会告诉你焦点已经处于画面当中的哪个位置，然后你重新对画面进行构图，完全按下快门拍摄照片。

不同的闪光模式

　　应避免使用闪光灯，这可能是使用傻瓜相机的最好方法之一。闪光灯是照亮人或物体的一种非常不自然的方法，它往往令拍摄对象显得非常难看。使用高ISO速度可以避免使用闪光灯。但是，如果你能进行不同的闪光设置，相机就能够智能化地将闪光灯和正确的曝光设置融合起来——因此，要避免直接闪光的强烈效果。

影像稳定器

　　如果你对相机上的快门速度与光圈设置不熟练，要当心会把好照片糟蹋掉的一个因素：相机抖动。使用自动设置时，很多相机可能把快门速度设得很慢，相机的任何抖动都会造成画面模糊。通常，相机会通过各种方式对你发出警告：取景器里闪烁或发出声音报警。解决这一问题有两个方法：一是用三脚架或平稳的表面来稳定相机；另一个方法是让相机自己稳定画面，这种方法可以减少或消除相机移动——而不是拍摄对象移动——造成的模糊。问题在于，图像稳定通常只有在拍摄对象不动的情况下才起作用。所以，虽然有些情况下它

一位游客正在阿拉斯加的德纳利国家公园内拍摄周围的风景。

很管用，但这不是一个绝佳的办法。另一方面，它当然也没什么坏处。

闪光灯外接口

　　前面说过，相机的闪光灯不适合拍摄自然状态的拍摄对象。如果相机有其他闪光模式，那么用闪光灯平衡现场光可以对相机闪光灯起到更好的辅助作用。如果你必须使用闪光灯，解决方法就是利用外接口使用附加闪光灯。这样你就可以将闪光灯离开相机，不再从前方正对着拍摄对象。只这一招就可以使闪光灯比相机内置闪光灯更具魅力。

时尚旅游

NATIONAL GEOGRAPHIC
TRAVELER

时尚彰显品位　旅游激活人生

旅行开始的地方
Where the Journey Begins

鸟瞰中国

IN FOCUS

美国《国家地理》人物摄影

法老

NATIONAL GEOGRAPHIC
THROUGH THE LENS 透过

摄影圣典

历史
科技
艺术
未来

THE BOOK OF
PHOTOGRAPHY

中国摄影出版社

野外探险摄影

NATIONAL
GEOGRAPHIC

[美] 比尔·汉奇   王黎、邓坚 译
美国国家地理学会新版摄影丛书
中国摄影出版社

美国《国家地理》最伟大摄影作品
GREATEST PHOTOGRAPH

时尚图书，

Original Title: PHOTOGRAPHYING YOUR FAMILY

Copyright©(2008) Introductory essay and photographs by Joel Sartore
Copyright©(2008) National Geographic Society. All Rights Reserved.
Copyright©(2008) (Chinese in simplified characters)National Geographic
Society. All Rights Reserved.

图书在版编目（ＣＩＰ）数据

留住温暖瞬间：家庭实用摄影指南/（美）萨托尼，（美）
赫利著；陈铎译. —北京：中国旅游出版社，2009. 1
　ISBN 978-7-5032-3562-7
　Ⅰ. 留… Ⅱ. ①萨…②赫…③陈… Ⅲ. 摄影技术—指南
Ⅳ. J41-62
　中国版本图书馆CIP数据核字（2008）第160391号

北京市版权局著作权合同登记号：图字：01-2008-4797

书　　　名：留住温暖瞬间：家庭实用摄影指南

责任编辑：潘笑竹　王欣艳
执行编辑：陈晓华
作　　者：（美）乔尔·萨托尼，（美）约翰·赫利
译　　者：陈铎
策划引进：北京时尚博闻图书有限公司
　　　　　http://www.book.trendsmag.com
出版发行：中国旅游出版社
　　　　　（北京建国门内大街甲9号邮编：100005）
　　　　　发行部电话：010-85166507/85166517
书籍装帧：刘定喜
经　　销：全国各地新华书店
印　　刷：正元国际印刷包装有限公司
版　　次：2008年12月第1版 2008年12月第1次印刷
开　　本：170×230毫米 1/16
印　　数：6000册
定　　价：48.00元
ISBN 978-7-5032-3562-7